书丛

# 湿地锦年

曲子清 著

北方联合出版传媒（集团）股份有限公司
春风文艺出版社
·沈 阳·

图书在版编目（CIP）数据

湿地锦年 / 曲子清著. —沈阳：春风文艺出版社，2018.10（2021.1重印）
（盛文书丛）
ISBN 978-7-5313-5419-2

Ⅰ. ①湿… Ⅱ. ①曲… Ⅲ. ①散文集—中国—当代 Ⅳ. ①I267

中国版本图书馆CIP数据核字（2018）第221899号

北方联合出版传媒（集团）股份有限公司
春风文艺出版社出版发行
http://www.chunfengwenyi.com
沈阳市和平区十一纬路25号 邮编：110003
永清县晔盛亚胶印有限公司印刷

责任编辑：姚宏越 责任校对：于文慧
封面设计：马寄萍 幅面尺寸：145mm × 210mm
字 数：167千字 印 张：6.5
版 次：2018年10月第1版 印 次：2021年1月第2次
书 号：ISBN 978-7-5313-5419-2
定 价：30.00元

# 目 录

# 从辽泽走来的锦绣之城

每每有外地文友来盘，哪怕是每年都要造访的相熟文友，都会衷心夸赞，盘锦变化很大，越变越美，越来越有魅力了。当然他们会从自己的视角来阐述内心感受，诸如干净、便捷、一盘锦绣等，他们把对这座城市的喜爱更多地诉诸文字，不吝溢美之词，像苍凉之美，律动的芦苇等。读到这些文字，作为土生土长的盘锦人，我总是喜上眉梢。这座从辽泽走来，带着河海味道的锦绣之城，确实由内而外散发着无穷魅力。

盘锦的魅力究竟为何，我总愿意从内心的感受来说。我生在盘锦，祖上于清末闯关东来此定居，已历四代，我最能深切感受盘锦的变化与发展，体会到创业的艰辛，也享受到发展的红利。要细致地说我对这座城的感受，恐怕纸短情长所书不尽，又怕思绪万千，主次混淆，故而我选择我喜欢的作家冯唐对城市的四维读法来解读这座城市。

第一是时间，时间上的丰富是指建筑的历史跨度。冯唐的理想是，同一个城市里，方圆十几里，最好要有六世达赖几百年前坐看美女如云的酒馆，还要有昨天才为青藏线建成的火车站和洗手间。这样的标准当然比较高，但也不是完全不能实现的，每一个城市都有自己的前世今生，秦砖汉瓦与现代建筑共处一室的状态毫不奇怪。在盘锦，你可以立在城市边缘看湿地，一面红滩绿荡，鹤舞鸥翔，另一面高楼林立，霓虹闪烁，生态文明与现代文明完美融合让人更感震撼。当然，要想就近亲近湿地，我们还可以乘一艘小船，穿行于红滩苇荡之间，呼吸贴心润肺的清新空气，眼观嫣红的海滩延伸到水天交界处，成群的水鸟嬉戏其间，不时地“晴空一鹤排云上”，于是，诗情画意追随着起起落落的心境畅然而出。在心驰神往间，一边听着老人娓娓讲述古渔雁文化，一边哼唱着“当丹顶鹤飞过红海滩——”那惬意与舒适让你忘掉向往的纽约、巴黎等老牌名都，被脚下城市不经意的温柔深深打动，从而产生择一城终老的自豪感。

第二是空间，空间的丰富是指建筑的多态性。冯唐认为，一个城市，形式上，古今中外，不要全部大屋顶建筑，外墙上贴石膏花瓶，也不要全是后现代极简主义，一门一窗一墙。功能上，不要全是美食街水煮鱼，也不要全是天上人间洗浴桑拿。盘锦建筑的多态性几乎是一夜之间建起来的。仅仅几年前，它还是一副丑小鸭模样，如今现代化的盘锦早已华丽转身，标志性建筑层出不穷，现代化都市范儿十足，最可取的是，城市功能完备，原先在大城市可以享受到的服务，这里都有。在疲惫的时候，我们可以选择去泡一泡湿地温泉，外面是天寒地冻，天空飘着白色的雪花，我们在热热的汤屋里惬意地舒展肢体与回味往昔；在烦闷的时候，我们去湿地公园漫步，感受辽河扑面而来的清新味道，洗涤内心的烦闷与忧伤；在感到腹内饥肠辘辘的时候，我们可以去美食一条街尝尝新出的菜品，像清蒸河蟹、盐卤对虾、肉炖鲜海蜇、葱炒文蛤、干煎河刀等，包你吃得唇齿留香，恨不得咽下自己的舌头。

第三是时间上空间的集中度，要有细密的城市路网，让人能在最短的时间到达最丰富的空间，寄情人卡、买猪头肉，走路十几分钟或者最多骑车半个小时内全都解决。盘锦交通四通八达，路网密集，生活精致方便。盘锦人有智慧，他们总是把衣食住行都安排得紧凑且张弛有度，像买把葱都开车几里地的状况在这里绝不会出现。密集的小吃一条街，捎带经营副食品、农贸商品，等你吃饱喝足，再把明天早上的菜买回去。去买电脑显卡，顺带把熟食捎回去。买一件小首饰或钥匙扣，几乎在每条街都能达成心愿。这样的方便时时伴你同行。在这里，只要你想得到，都能在短短时段内得到满足，便捷得让你发自内心感到城市路网带来生活的顺畅。

第四是人，即人的丰富程度。用冯唐的话来说，是指五胡杂处，万邦来朝，清华理科生和地铁歌手、刘胡兰和刘亦菲、刘翔和刘罗锅，百花齐放，万紫千红。盘锦的人倒是五胡杂处，确实没达到万邦来朝的境地。但身边的人形形色色，只要你愿意走近，就会发现一个五彩缤纷的世界。每天傍晚，伴着广场飘来的悠扬乐曲，穿过熙熙攘攘的晚市，看看各种招徕客户的小贩，品品香味诱人的小吃，然后信步来到湿地公园听听辽河的声音，跳跳操、跑跑步，和新交旧识唠唠家常，让辽河的风吹散一天的烦恼。在这里，没有士农工商，只有快乐与富足；没有高低贵贱，只有惬意与关怀。盘锦的男人女人热情豪爽，天生一副侠义心肠，既会路见不平一声吼，也会婉转贴心，感同身受。三五个朋友聚会，几杯佳酿下肚，立即八拜结交，誓同生死。朋友遇到困难，立马挺身而出，出钱出力，不计得失。一旦朋友渡过难关，再云淡风轻地一笑而过，洒脱得不带走一片云彩。

我出生在这片被义字浸染的土地。自小听着狐仙鬼怪湿地传奇故事长大，信奉善有善报、恶有恶报、敬重天地、重信守诺、肝胆相照、两肋插刀、舍生取义、义字当先的侠义精神。在抗日义勇军抵抗侵略风起云涌之时，当地群众明里暗里掩护义勇军，芦苇荡、蒿草茂盛的地儿、柴火堆、水缸都是义勇军的藏身地。我的爷爷和他的两个同伴曾掩护过受伤的义勇军，把他们藏在茂盛的蒿草里骗过鬼子。我的舅奶，一个干瘪的老太太，也曾把义勇军藏在自家的柴火堆里，然后养好伤送走。这老太太同我爷爷一样，不识字，也没有受过什么信仰熏陶，凭的是骨子里的义气担当。现如今，在龙渊大泽，每个人血液里都隐藏义字基因，守望相助、一诺千金仍是当地人的铁律。当然，随着经济社会发展，不时有背信弃义的事情发生，但这样的人在本地仍不受待见。

从头到尾，华夏之间，从沧海到桑田，转眼之间。

盘锦这龙凤呈祥的宝地，几度变幻风云，最终成为人间天堂，脚底下这厚厚积淀的河海泥沙，成为滋养丰厚的养料，新一代辽河口人正在努力为自己的城市增添魅力。

# 打捞失落的渔雁部落

走进“渔雁部落”二界沟街道，虽然早有心理准备，还是不期然地与现代文明撞了个满怀。那种留存在资料中的原生态渔雁部落，海滩渔民、河海沟汊、鸥舞鹤翔、海边拾蛳、海鸟翻飞、渔船泛海的情节已经不留痕迹地消失在历史的烟尘中，除了空气中淡淡的海腥味和满目的海鲜酒馆，这个地界和其他街镇并无二致。那个开启河口人类文明的发源地，有着众多先民文化遗存和文化密码的渔雁部落，就这样以最不出意料的面貌自然地展露她的姿容。

二界沟是个十七平方公里的狭长地界，两条窄窄的街道，以街划分为两个村，海兴村和海隆村，居民安静富足地做着各自的营生，出海打鱼、卖海鲜和经营海鲜酒馆，还有些在挤挤挨挨的市场做着海鲜买卖。沿海滩新开发的渔雁小镇已具备了一些规模，一律白墙黛瓦的江南小镇风格，当地人说，比他们心目中的渔雁小镇差了些模样，可兼收并蓄的二界沟人还是表现出更多的接纳和宽容。新建成的渔雁小镇背靠辽东湾新区，左手红海滩廊道，右手渔船归航，一副崭新渔雁小镇的生动图景。可渔民的思维还停留在古旧渔雁部落，他们担忧住进新建的渔雁小镇后，渔具和船只没处安放。

仅二十分钟就驾车把二界沟的街街角角走了个来回。粗略归纳起来，没有规划建设完的二界沟整体建设结构显得风格混乱，互不搭界，居民们观望、期许、失望、沮丧等各种情绪混杂在一起，表情复杂地做着各自的营生。然而，一旦和他们谈起古渔雁文化和祖先的荣光，他们面目活泛起来，嘴里滔滔不绝，浑身散发着不一样的光彩。

在听取二界沟街道特色文化建设意见的时候，我像开小差的坏学生，从二界沟光鲜辉煌的未来直接溜号到当年渔雁部落的蛛丝马迹上。二界沟原为海水潮汐作用下形成的一条潮沟，清代沟东隶属海城县，沟西隶属广宁县，一沟界两县，遂称二界沟。这里是一个半封闭的海岸水体，南面与海洋自由沟通，北面有辽河、双台子河、大凌河等水体注入，南来海水和陆域河水在这片水域交融，咸淡相融的海河两合水更适合鱼虾的洄游与繁衍，遂成富足的天然渔场。有肥沃的浅滩，且地势平缓，使得先民可以相对容易地在此地维系生活，也使得河口成为人类文明的发源地。表面上看，二界沟既非端坐辽河口腹地，亦未钻进辽河套内里，而是地处辽河口边缘，仅有一条潮沟与辽东湾往来沟通，二界沟坐落在东岸。辽东湾的潮汐每隔十二小时二十分钟左右，就是一涨一落两个流，一天二十四小时则两涨两落四个流，如此循环往复。退潮之际，海水自北向南回流，二界沟的渔船即可顺流出海；于海中捕鱼之后，海潮涨起，海水自南向北涌流，出海渔船可以顺流返航。也就是说，从二界沟到辽东湾的渔船，一出一返都能赶上顺流。据老渔民介绍说，这种顺流十分必要，先民出海尽使帆船，靠风使船，见风使舵，风向并不是总能和目的地契合，所以船只对潮流的迎合非常重要。陪我们租船出海的老渔民说着说着，哼唱起不知名的渔歌，声音高亢苍凉，穿越云层，和海天交界的大海相拥。这下我完全听不懂了，后来查找资料找到这样一首民谣，“二界沟好地方，潮涨流北上，潮落流南淌；早出乘流去，晚归顺流返。潮退船出海，潮稳起丝网；鱼虾装满仓，潮涨转回乡”。我现在已经不知道老渔民唱的是什么，我宁愿相信老渔民唱的就是这首渔歌。

二界沟的民谣和民间故事就像海滩上生长的翅碱蓬一样，追逐大海，随风而长。几乎每个二界沟人都能随口唱出一两首渔歌，说出一两段民谣，讲出几段渔雁故事。二界沟的刘则亭老先生整理、挖掘出上千个古渔雁民间故事，我在刘则亭老先生的《渔家的传说》《辽东湾的传说》《渔村史》《海湾传说》《渔家风物民俗史话》等书中读到过这些精彩故事。土生土长的二界沟小伙子袁野也不例外，他随手指着南面的一片海滩告诉我，文蛤滩南面有片滩涂叫铁锚岗，传说是二界沟的一个小渔夫海娃变的。他说海娃自小腿脚勤，记性好又聪明，村里的长者吩咐他挨船挨户征集海口点灯笼标的油。规定一船一两，一户一两，得征集油五千两，才够一年灯笼标用油，多一滴有余，少一滴不够。不多日子，海娃将五千两油集齐，整整装满几大缸。当晚，海娃乘人不备，往自家锅里多放了两勺油。就在那一年海上渔事将要结束的一个夜晚，灯笼标断油灯熄，进港渔船失去灯笼标指引，脱锚失事遇难。海娃没想到自己一时小贪，酿下大祸，非常痛悔，遂被罚到南滩做一只铁锚，五年期满才能回家。海娃兢兢业业坚守着岗位，救助往来渔船。就在五年期满之际，遇上海盗抢劫渔女，海娃不顾回家期限，死死拖住海盗船，救下渔女。结果，海娃因耽误回家期限，化成一只铁锚，世世守卫他的文蛤滩，后来，人们为纪念海娃把文蛤滩南端起名“铁锚岗”。袁野指着海滩南端一片影影绰绰凸起的陆地，告诉我，那就是铁锚岗。

在袁野的引领下，我沿着街路细细寻觅当年渔雁的踪迹。据袁野介绍，当初这些街路都是不存在的，都是浅滩渔场，早期水雁、陆雁都曾在这里生活。顺着街道慢慢走，不时停下脚步听居民说一段渔雁故事传说，眼前浮现从其他河口候鸟一样迁徙而来的渔雁人家，他们披星戴月，沐风栉雨，摇着船，拖儿带女，携带全部家当涌入辽东湾，以捕捞丰厚鱼虾或以服务捕捞业为行当，追逐着洄游的鱼虾，候鸟一样生产生活，并代代相传。那个年代，二界沟没有柏油马路，整个渔雁部落都铺满了厚厚的蛤蜊壳作为街路。在冥想中低下头来，目光不时为脚下的蛤蜊壳吸引，捡拾起来，那老旧斑驳的蛤蜊壳，不知道为哪代渔雁所遗落还是被近代渔民遗弃，顿时产生时空穿越的错觉。

辽河这条巨龙在入海时渐次摆尾，不经意地成全和失落了一些地界，如牛庄、海城、田庄台、二界沟、营口等，随着海岸线渐退，二界沟拥有了便于出入辽东湾的地利，成为关内外渔民的落脚点和聚居地。在以世纪为单位流转的漫长岁月中，人类远祖逐渐摸索出了规律，知道了这一处河口何时封冻，那一处河口又几时开化，于是他们有规律地在各个入海河口（据《辽宁地域文化通览》一书记载，中国有一千八百多个天然入海河口）之间往来穿梭，追逐着变幻的四季，追逐着洄游的鱼虾。据说，明代二界沟一带就有渔民栖息，那在阳光下晶莹了三百多年的蛤蜊壳文化遗存，让人不自主地想到渔雁先民的荣光。在刘则亭老人的住处和张清华造船厂，我看到一排排的捻船、压舱石和锚；在传统的渔家开海节仪式上，我看到大秧歌、渔家号子、渔家祭祀、顺风旗等传统的渔雁文化符号，这些渔雁文化元素正破除岁月的尘封，向我们走来，引导我们沿着先人的足迹，走进渔雁部落。

来到渔雁部落，不能不去蛤蜊岗，可蛤蜊岗因贝类病害实施禁捕，我也只能望着蛤蜊岗的方向发出一声悠长叹息。我八年前曾乘船去过一次蛤蜊岗。那时只知道蛤蜊岗盛产文蛤和乾隆爷“天下第一鲜”的故事，尽管如此，内心还是欢喜雀跃的。船慢慢驶向海面，凭船远眺，海天一色，苍苍茫茫，看不到尽头。船行二十几分钟，觉得海水在神奇地一点点地渐退，船下的水层似乎在不断减少。慢慢地，前方出现一处金色的凸起的地方，这金色的面积在一点点扩大，不到半小时，原来不知多深的大海变成水层仅没过脚踝的浅滩。肉眼看蛤蜊岗看不出有多大，回去后查资料才知道，蛤蜊岗距二界沟镇海岸约十五公里，潮起水深丈余、潮落滩平如镜，整个蛤蜊岗占地总面积十八万亩，在铁锚岗、东南嘴等六个岗上，所栖息的文蛤近万吨，遍布二十多个岗区，其间一望无垠，十余条或深或浅、或窄或宽的海沟蜿蜒流动。由于此处是河流入海口，河水中含有大量的有机泥沙，为贝类生长提供了丰富的营养，因而成为文蛤等贝类的繁殖之地，此外，还生长着四角蛤蜊、蓝蛤、白蚬子、毛蚶子、海螺、扇贝、竹蛏等多种贝类，素有“渤海蛤库”之称。蛤蜊岗所产文蛤，因产地位于海水、淡水交融处，水中浮游生物多，食物链丰富，以个大、味美、色泽好而成为古今宴席上一味不可替代的极品佳肴。近年来蛤蜊岗所产文蛤热销于日本、欧洲等国家和地区，是我省著名的文蛤出口基地。

潮水完全落下去，一片金色沙滩从海水中显露出来，我忙不迭地挽起裤腿，甩掉鞋子，赤脚走下去，光脚踩上松软的沙滩，令人有说不出的爽适与惬意。等在海里玩闹够了，才开始学着周边人的样子踩文蛤，因为是第一次，怎么也踩不到，看着同伴们都有收获，我着急起来，一会儿上这儿踩踩，一会儿去那儿踩踩，踩来踩去，总没找到像鹅卵石硌脚那样的感觉。后来在船长的指导下，逐渐找到了些门道。慢慢地、用心地感觉，泥沙下那一点点的硬度。终于有硌脚的感觉了，再用脚感觉，硬度在扩大，用手一摸，果然是一个大文蛤。第一次踩到文蛤，我高兴得直叫。细细体会起来，文蛤还真不少。我忙收起玩心，开始在“海田”中“耕作”。每次收获都欢呼雀跃，兴奋不已。不一会儿，开始腰酸背痛，但收获的满足感让我累并快乐着。没等我过足瘾，潮水开始涨上来，迅速没过我大腿和腰身，船长赶紧招呼我们上船。等我登上船，回头看自己劳作的金滩，转眼没入茫茫大海之中。我还没有过足踩文蛤的瘾，心想等蛤蜊岗开了封禁，我一定再去蛤蜊岗踩文蛤。在回船的时候，我在心里默默念叨，蛤蜊岗，你一定要等着我！

连日来，在古旧渔雁部落和新型渔雁小镇交替变化中行走、感悟，不时会怨妇一样地抱怨现代的野蛮破坏了历史的朴素，一会儿又感叹时代的便捷丰富了现代渔民的生活。我知道自己不能以抒情的名义拖历史进步的后腿，恍惚中内心还是小小地纠结了一下。当然，随着海岸线渐退，滩涂向良田转变，二界沟码头逐渐向海洋深处延展。周边滩涂中的海产资源逐渐萎缩，渔民捕捞已从滩涂走向深海，从远古走来的渔雁小镇必然跟着转型走向陆地。沧海桑田，哪一刻不在转变，处在发展中的二界沟也一样不能免俗。

“老坨子”是我此次走进渔雁部落的最后一站。“老坨子”也是保存最完好的一处古渔村遗址。“老坨子”在二界沟镇西南海岸边，是一处浪花簇拥的岗坨，是渔雁部落唯一一处没有被文明耕耘过的原生态古渔村遗址。

我听说有这样的一个地方，无疑提振了精神。等不及做准备，也不听周围人劝告，忙不迭地催促袁野上路。刚一下柏油路，“老坨子”像给我眼罩戴一样，用一条坑坑洼洼的土路给我最强的阻挡。这是必然的，如果通向“老坨子”是光溜的柏油路，那老坨子还能有什么保持完好的原生态呢？我毫不犹豫驶上土路，汽车底盘传来磕硬的喘息和变声的马达轰鸣，袁野劝我回去换车，我咬着牙，以二十迈龟行速度递进，想用毅力来和“老坨子”较量。结果前行不过一两公里，风大尘扬，车内热气蒸腾，路更加难行，汽车在与土路一次次硬磕中败下阵来，干脆趴窝不干了。没奈何，我们只得打道回府，内心无限惆怅，同时对和我捉迷藏的“老坨子”有了更深的兴趣。

从二界沟回来后，俗事缠身，又蹉跎数日，才再一次准备去“老坨子”。因了上次的经验，这次我们改乘越野车奔“老坨子”，几度停停走走，终于来到这渔雁先民的圣地。

登上“老坨子”，像走入原始渔雁部落。“老坨子”面积不足两公里，三面受水浸泡，背靠陆地亦是盐碱的不毛之地。“老坨子”上的植物长得茂盛且随心所欲，层层叠叠，挤挤挨挨的，草、树、藤、花都肆无忌惮地生长着，完全没有被文明耕耘的痕迹。这里有二百余年的古桑及年轮不详呈对称状的古柳，枝杈纵横，树遮天蔽日，植物林林总总，没规则、没秩序，有一种步入原始森林之感。有人说，这里的树木是从冬去春来的候鸟的粪便中长出的，仔细看来，确实没有人为播种的整齐划一感。这里树木琳琅，蒿草繁茂，远远望去像镶嵌在海滩上的一块翡翠。据当地人介绍，这块弹丸之地，鸟多，蛇多。春天这里的鸟最多，多是候鸟，漂洋过海，来此驻足，多时达千只。虽然鸟多，却很少有鸟在此筑巢孵化，因为这里蛇多，有的攀于树上，有的伏于蒿草之中，据在这里居住的人介绍，最粗的一条蛇有十厘米粗细，三米多长。这里还有野鸡、野兔、狐狸、水獭等时而出没。

最早发现“老坨子”的渔雁先民在大海中追逐奔波，忽然发现海面上这片永不沉没的神奇“老坨子”，于是奔上来，休憩饮水，升起炊烟，等待潮起返程。在“老坨子”上至今还有一眼淡水泉，所说的泉，就是一个形似锅底的水泡子，直径三十米左右，四周为各种树木环抱。据说，此泉不管如何干旱，水不枯竭，固定水位。由于泉已多年无人清淤，年复一年树叶积淀，已没有水清见底之状，但捧在手里仍觉清澈。有了淡水，就有渔雁先民在这里栖息繁衍。在淡水泉四周有六棵大榆树环抱，每棵榆树枝干粗壮错节，据猜测可能是二界沟先民栽植，具体为哪一代先民栽植，已无据可考。也许他们当年看重这个珍贵的淡水资源，在坨上落脚扎根，栽植果树和农作物。这六棵大榆树不知道见证了多少次潮涨潮落，几代人繁衍生息。这眼生命不竭的泉水，一直护佑着当地的渔民，渔民也对它充满了敬意，许多人目睹这口泉水连降大雨水不涨，干旱数日水不降，连续抽水水不干，海水涨潮泉不淹，任凭旱涝，泉水依然。可能其中种种，地质自然科学家能轻松解释其中原理，但二界沟的居民更情愿相信“老坨子”和这口泉的神奇之处。

在“老坨子”这两公里的地界，除了这眼泉就是老坨子神庙了，据说神庙是渔雁先民为祈求上苍降福保佑顺利返航而修建的。来“老坨子”的人多是赶海捞虾、下旱网的，把这里充作驿站。在海上三十公里处第一眼看到的陆地便是“老坨子”。

以前，“老坨子”上面有棵古榆，渔民们后来就在老榆树上挂上风灯，老榆树便成了航标灯。赶海的渔人为了祈求神灵保佑，就筹资在“老坨子”上修建了这座神庙。据说神庙修成后，有求必应，灵验异常。“老坨子”究竟有多高，至今尚且没考证，距“老坨子”前面几米处就是海滩，长多大潮从没淹没过它。据传，历史上海啸都未曾淹没过“老坨子”，人们久传其为潮涨，“老坨子”也长。近几年，神庙因年久失修，当地政府已经在原址整修了老坨子神庙，受神灵保护的“老坨子”任凭潮涨海啸，岿然不动。

我走过国内很多旅游景点，有跟着旅游团走的，也有组团自由行的，在很多景点都遭遇过撞脸的尴尬，即景点撞脸、历史传说撞脸，有时甚至连出处、细节也全盘复制拷贝，就像经过整容的美女，千人一面，毫无特色。在经历一次又一次的尴尬后，人造景观就如同长在躯体上的痼疾，不但不得去除，反而是看惯深眼隆鼻的美人就被视为看齐的标准一样，各地纷纷不自觉地实践起来。而“老坨子”如同蒹葭苍苍，长在水中央的奇异女子，或许不久就会随文明跟进的脚步改变，其百年古树、奇花异草、野生动物等内涵或将被规范整治，“老坨子”也会像其他景点一样被打包归类，成为中规中矩的小家碧玉模样引人观瞻。

每年都有一些艺术家朋友来到二界沟创作，其中以写生、摄影为最多，他们自发、自主、自愿地记录着“古渔雁”的生活经历与文化风情，无论是在造船厂、补网场，还是在码头、渔市，都有他们的身影。他们就着腥咸浓淡掺杂的河海气息，汇聚着南腔北调的语音方言，诠释着一种古老而现代的文化传承。我的一位艺术家朋友总结，来二界沟创作，要“一听二看三吃四喝”。他的一二三四，我不见得完全遵从，可我在这里听了看了几天了，就差吃喝了，不能把这个程序落下。于是，我邀上这二三好友，选取一家靠海边的海鲜酒馆，点几盘特色海鲜，就着光影流溢的夕阳，浅酌一口老酒，欣赏河海交融、水天一线的壮阔与神奇。

那一天，我们吃着海蜇炖肉、家炖海鲇鱼、煮虾爬子、八爪鱼炖宽粉，喝下了平生最多的老酒。酒后的我对着友人谈兴大发，对转型中的渔雁部落既深深忧虑又充满希望，这几天的矛盾纠结被喝下腹中的老酒凝聚发酵成一句心里话，渔雁部落，不管你外貌如何变化，你都永远是我魂牵梦萦的地方。

# 一座城市的胎记

我自出生时，右手上就有一块黑色的胎记。稍稍大一些，家里来了客人，妈妈总要我给大家伙看看自己的“小黑点点”，于是我总要伸出手来给客人看看，内心带着一些小骄傲。长大一些，我发现别的小朋友的手都是干干净净的，只有我自己手上一块乌黑，开始觉得胎记不好看，不好意思显摆了。上学了，用右手写字，连老师都以为是手没洗干净，不止一个，也不止一次地伸手来摸一摸，问，你这手咋回事呀？为此，我觉得这个“小黑点点”有些碍事，长在手上还不美观，觉得自卑了，恨不得弄掉它。妈妈再让我伸出手来在人前显摆，我再也没有当初的意气风发，黯然摇头拒绝，实在不愿意在人前伸出手。妈妈看出我的小苦恼，私下里找我谈心，妈妈告诉我，胎记是上帝留在凡间的记号，只有聪明懂事的孩子才有。妈妈还说胎记长的位置有说道，我的胎记长在右手手背中间位置上，右手是写字的手，是神灵预示着我将来会是一个写字的文化人。我一直不知道这些话妈妈是编出来哄我，还是真有这样的传说，反正我听了妈妈的话，第一次觉得自己是一个与众不同的人，内心充满幸福感。再遇到字写得不好、学习内容弄不懂等问题，就想自己是与众不同的孩子，一定会有办法克服的，结果真的过关斩将，度过攻坚克难的求学时代。最神奇的是参加工作以后，一向在写作上不感冒的我居然真的拿起笔来搞起了创作。这个神奇的巧合让我思量，那个若有若无的胎记暗示，是否真的在冥冥之中指引了我。

长大以后，关于胎记，我还听说这样一个美丽的传说。当一个人临终时，爱人流下的一滴泪若是落在他（她）的身上，就会化为一块胎记。来生，凭借这个信物来寻找另一半，再续未了的前缘。胎记无论是长在脸上还是其他部位，都是美丽的，幸福的。不管今生是否能遇见那个人，至少在某个未知的地方有一个爱你的人正在千方百计，不辞辛劳地追寻你。因为有爱，生命才会有意义，不至于虚度年华。因为有爱，生命才会有阳光，不至于暗如渊洞。因为有爱，生命才会有彩虹，不至于平平淡淡。

这样的传说让每个有胎记的人充满与生俱来的神秘感。这么说来，一个人出生带有胎记，即有一股神秘的力量让你更出挑。那么一个城市的胎记是否具有让这个城市区别于其他城市，进而脱颖而出的神秘力量呢？我的答案是肯定的。因为胎记让我们这个城市从出生起就与其他城市不同，那么得到上天眷顾，那么充满无穷魅力。那我们这个城市的胎记是什么呢？经过仔细考量，我私下认为是红海滩——我们这座城市得天独厚的嫣红胎记。

在有了地球和大海的时候，红海滩就在这里安家落户了，她带着远古的神秘、现实的惊艳护佑着她热爱的土地。在其他生命黯然失色的恶劣环境中，她努力地生长着，坚强地抗争着，为的是等到那一群有缘人来到她身边。每一个结识她的人，都会被那片跳动如火焰的生命嫣红所吸引，那覆盖在水天交界的玫红锦缎，如火似霞，宛如城市脉动不息的生命力，无休止地向天边和大海延伸着。没有一个城市可以拥有这样美丽的胎记，没有一个城市拥有这样得天独厚的上天馈赠。

红海滩是大自然孕育的一道奇观。海的涤荡与滩的沉积，是红海滩得以存在的前提；碱的渗透与盐的浸润，是红海滩得以红似朝霞的条件。红海滩的确切出现时间无法考证，有学者称有了地球有了海的时候，就已经有了红海滩。那美丽了上亿年的神奇生命，够资格成为这个城市的胎记；也是我们这个城市有缘分，可以在近处拥抱这些美丽的生命。

当人们为温饱而奔波的时候，叫她“红草滩”；当人们需要用她休憩心灵的时候，叫她“红地毯”。无论人们叫她什么，她总是一如既往地燃烧、跳动、生生不息。火红就是她生命的形式和内容。在六十年代那“瓜菜代”的艰难岁月，红海滩也曾成为救命滩。滩边的渔民村妇曾采来碱蓬草的籽、叶和茎，掺着玉米面蒸出来红草馍馍，几乎拯救了一整代人。在有地球的历史上，这样的故事不知道上演了多少回，可红海滩不张扬、不计较，也不求回报，照样心平气和地延伸着，美丽着，仿佛我们城市的守护神一样，跃动着生生不息的生命力。

红海滩的红色是一种植物生命的颜色。碱蓬草，大片大片的碱蓬草长在一起就汇聚成了这样一个红色的海洋。一棵棵纤弱的碱蓬草每年四月长出地面，初为嫩红，渐次转深，9月是它红得最为浓烈的时候，不要人撒种，无须人耕耘，一簇簇，一蓬蓬，在盐碱卤渍里，于时光荏苒中，酝酿出一片片火红的生命色泽，牵人心魄，燃透天涯。

准确地说，红海滩是辽河移山填海的自然产物，辽河从上游带来的有机物与无机物在入海处形成了咸淡交融的大量物质沉积，形成了退海之地——滩涂，含有沉积有机物的滩涂特别适于盐生植物碱蓬草的生长，它是一年生的草本植物，它以每年几十米的速度向海中延伸，新的滩涂不断出现，旧的滩涂就被碱蓬草覆盖了。年复一年的生生死死，死死生生，酝酿出一片火红的生命色。红海滩是活的，始终追赶着海浪的踪迹。滩涂以每年五十米的速度向大海延伸，红海滩也就踩着它的足迹，一步步地走向海里。有人说，追随红海滩，也就追随了生机与希望；拥抱红海滩，也就拥抱了博爱无私和顽强的生命力。每当看到海天交接处那片生命的嫣红，内心升腾无限的豪情与梦想，红海滩无私奉献，不计得失，任劳任怨，是百万鹤乡人奋勇前进的号角；红海滩追波赶浪，勇往直前，用生命捍卫尊严，是我们城市锐意进取的图腾。

红海滩，心之触摸便有灵犀相通，惊鸿一瞥终将一世铭记。在我们每个人的生命旅途之中，红海滩永远是神灵降福的象征，是我们大展宏图，日子红红火火的征兆，无论过去、现在还是将来，红海滩永远是我们这个城市抹不去的嫣红胎记。

# 龙 渊 记

## 一

辽河在入海口处河面宽展，带着上中游的泥土与气息，缓缓流入渤海。辽河与渤海在辽河口相遇，没有金风玉露的电光火石，也没有八千里路的彩云明月，只是如老夫妻般静静地相依，没有一点急躁和不耐烦。

辽河在入海口处，好像有意让裹挟来的丰富河泥沉积于此，又好像不急于投入渤海的怀抱，反而在没有挡头的河床肆意漫流，自如得如饱经风霜的长者，带着丰富阅历和时间沧桑，从岁月深处缓缓走来。

渤海早早伸出手臂，像接纳远方游子，欣然拥抱辽河。相拥之间，双方敞开怀抱，河海彼此交融，让泥沙停下奔波的脚步，慢慢驻足下来。一层层沉淀的泥沙是辽河在向大海款款诉说，也是大海对辽河的倾心接纳和慰藉。

站在辽河口，静静地看着这伟大的河海相拥，内心涌起诸如沧桑、浩瀚、辽阔、壮观、交融等词语。远远望去，河与海的气息完全相融，河似乎留恋着陆地的深情，不急于入海，回流至沟汊、潮沟，充分停顿后，再慢慢入海，踏向更远的旅程。

岁月流逝，河润海浸，雨刷风蚀。河更阔，海变浅，河海之间，逐渐形成一片盐碱荒滩。海在退，岸在长，这片盐碱荒滩由小到大，如天帝藏在天宫中的神奇“息壤”，能自己生长。

荒滩上，沟壑纵横，积水遍地；浅海荒漠，芦荡深深，渐成动植物的乐园。人进动植物退，片片良田铺满田畴。没有什么地界能如此直观地展示沧海桑田的神奇变幻。

从海到陆，植物依次是翅碱蓬、芦苇、繁茂的荒草、耐碱的庄稼等。植物繁茂直接催生动物增多，从河海至荒滩深处，依次是鱼虾鸥鸟、虫蛇蝼蚁、猪鸡鹅猫、兔狍狼狗等。等人类拖儿带女大规模开进这片动植物乐园，繁衍生息间，发生很多人与自然的感人故事。如植物与人、动物与人、人与人的故事，这些故事口口相传，沉淀积累，枝蔓缠绕，形成各种神奇的湿地精怪传说。这种精怪传说大部分是初入荒滩的拓荒者战天斗地的感人故事，这些故事经过沉淀升华，成为辽河口文化的主基调。于是，与人类一同生存在这片河海“息壤”上的动植物按照人类思维开始修行提升，探索与天界对话的密码。遍地通灵的萨满大仙担任动植物修行的翻译。在这样探索、磨合、成长中，情义渐成辽河口文化的关键词，动植物的品级也逐渐上升，终于有一条神龙横空出世。

## 二

相传在清朝康熙年间，一条神龙或游玩被困，或犯天条被贬，或迷路失联，谪落在辽河口，此龙身长十丈余，高四尺多，全身布满璀璨的鳞片，在阳光下闪闪发光。大家奔走相告，引得附近的人们前来观看，人山人海，场面甚是壮观。时值农历七月，酷暑闷热，巨龙身体多处受伤，奄奄一息。人们没有见过真龙，因此都很恐惧。有一须发皆白的长者壮着胆子走到近前，但见龙的双眼流着泪水，有气无力对他眨了一下眼睛，长者心领神会，马上组织众人用木杆和苇席搭了一个高大的棚子遮挡阳光，二十几名身强体壮的小伙子自愿挑水为龙淋浴，昼夜不停。地方官也亲临现场，并指派了四名官差，维持秩序。前来围观的老百姓一起焚香祷告，保佑神龙吉祥平安，祈求上苍让神龙早日回归天庭。

如此熬过三七二十一天。忽一日，天空乌云密布，电闪雷鸣，人们及时撤掉了席棚，静静地等待……一声炸雷，倾盆大雨从天而降。据老人们讲，辽河口有史以来从未下过这么急的雨。但见风雨中的神龙，身体开始蠕动，慢慢盘旋升到了空中，尽情享受风雨带来的快乐。人们不约而同向天而跪，有些人还不住地磕头。巨龙围绕辽河口低空盘旋了三圈，向多日来热心关照它的人们告别。然后乘风雨而上，在人们的目光中，依依不舍地消失在天际。众人仰望长空，默默祝愿神龙一路平安。说来奇怪，狂风暴雨说停就停了，霎时东方天际还出现一道美丽的彩虹。

有龙的传说就有凤的印记。相传在清末己酉年农历八月十二的早上，辽河口早起的农民忙着收获金秋的喜悦。忽然，从西北天空飘来了一朵五彩祥云，华光四射，瑞气千重。一只人们从未谋面，又似曾相识的霓裳巨鸟飞临辽河口。它每展一下双翼，都显出七彩斑斓。它绽放的光芒令太阳也黯然失色。人们一眼就认出这是传说中的凤凰。千载难逢，百世不遇。这里的人们有幸目睹做梦也无缘谋面的金凤凰。凤凰栖息在秀水湖北的一块靠近河边似元宝形状的高岗地上两棵树龄将近百年的大榆树上，筑巢产蛋，然后振翅离去。人说凤凰不落无宝之地，辽河口因凤栖龙驻被称为风水宝地。

虽说辽河口是个龙凤呈祥的宝地，当地人仍然称此地为龙渊，称这片湿地为龙渊大泽。笔者后学末进，学前辈模样以岗坨为龙鳞、河流为筋脉、侠义为精神，权作《龙渊记》，以飨读者。

## 三

拨开辽河厚重的泥沙，探寻龙渊大泽的奥秘。一马平川的田畴美宅，如连天的锦缎，铺向天边。一派富庶祥和之下，龙渊的灵性被时光化过装，隐藏在不知名的去处。

千百年后，笔者畅游河海之间，如玩水的稚童，一寸寸梳理过去的时光，用脚步丈量一个个岗子、坨子、台子、堡子、关隘等，挖掘领悟龙渊灵性的精髓。岁月流转，这些叱咤一时的存在已随岁月流逝了，只留下一些片片隆起的地界，如当年神龙留在凡间的鳞片，掩映在岁月间，显出沧桑的面目。

龙渊大泽本为河流退海冲积而成的平原，每年都以十米的速度向海延伸，被称为神秘的河海“息壤”。一眼望去，水天辽阔，平整的红滩绿苇浩瀚无垠，一直延伸到海天交界处。细细看来，也不算一马平川，总有些高出地表的坨子、岗子、台子、堡子、关隘，散发着岁月的光辉。

原来，历史上辽河在下游并无河堤防护，免不了常常泛滥成灾，致使河水溢出河床，于两岸自由漫流，并随坡就势蜿蜒涌向西南，奔向大海。进程中遇到阻碍即“挡头儿”的时候，河水流速就会放缓，河泥就会在此沉积。日久天长，此处地表就会渐渐增高，形成一处浅滩，每年被水淹没的时长都会逐年缩减。丰肥的河泥又使浅滩慢慢长出芦苇及其他耐湿水草，这些植物的根系有效保护了浅滩，使泥土不易被再一次泛滥的河水给冲刷带走，同时也使随水而来的河泥更多地淤积于此。久而久之，浅滩的规模就愈来愈大，地势也愈来愈高，终于成为高出周围地表的部分，人们称为岗坨。相传辽河口文明的第一缕炊烟就在岗坨升起。此后，人们就在岗坨上休养生息，代代繁衍。

到了明代，辽河口地区军事重要程度骤升，成为抗击后金的最前沿。于是岗坨之外，有大量人为设置的边墙、边堡、边墩与边台等。东起鸭绿江，西至山海关，蜿蜒着长长的边墙。沿边墙三十里一堡，十里一墩，五里一台。如今这密布的墙、堡、墩、台已同当年历史鏖战消失在岁月烟尘中，只有部分高于地表的墙基残土、石井瓦罐，甚至深埋泥沙下的白骨，见证着那段峥嵘岁月。

据《辽宁地域文化通览》盘锦卷载，辽河入海口处有沿边城堡和海防城堡五座，四十六座墩台，我循着书中索引，一个个找寻这些城堡墩台。当年的厮杀鏖战早已不见踪迹，岁月的风霜掩去历史的记忆。对比史书记载，一一细细查看，却只有一些高出地表的地基、残破的瓦砾残垣见证当初的历史存在。物质的痕迹虽被岁月抹去，历史的印痕还书写在史书上，空旷的龙渊大泽徒留以堡、台、坨、关命名的地名存在。

在大堡子村，我没看到黑风关和铁厂堡，只见绿荫成行、村路笔直、边沟清晰、流水潺潺、白墙黛瓦、房舍俨然，行进间花香怡人，让人不自觉地陶醉其间，忘记寻踪匿迹。

日高口渴，偶然寻得一户人家，叩门求饮。应门老人须发斑白，双目炯炯，听说我的诉求，欣然应允并与我兴致盎然地攀谈起来。老人介绍说，这里原就是史上著名的海路要塞，大名鼎鼎的黑风关。老人用手比画着告诉我，黑风关北面背陆，南面临海，建有东西两处城门，从海城通往锦州的一条古路途经这里。城内分设四条登城马道，东西两座城门顶部又分别设有城门楼、旗杆，内城可容纳三千兵马，东门外设有校军场，城西有下水道，由城内流向南面的大海沟而流淌入海。黑风关城北有一个打造刀枪兵器的铁厂，西有一处砖窖，城东有一个很具规模的圣清宫，每年农历四月十八庙会，热闹非凡，一派兴旺景象。老人就是最早搬迁此地的李姓人家的后人，他祖上闯关东来到此地，想去城内定居，但见城墙上大炮仍在，担心军队回来惹出是非，就定居在了城外。为了与关里家人通信联系，便以铁厂为标志，给这里起了村名叫大铁厂堡。后来人们逐渐把村名演变为大堡子村。

去其他堡台关，结果都相差无几，它们如同黑风关、铁厂堡一样，湮没在历史风尘中。抚摸那曾经的隆起，如龙渊隆起的片片金鳞，我等后辈，抚今追昔，遥想当年的金戈铁马，不胜唏嘘。

## 四

辽河在入海口处九尾狐炫技般地开枝散叶，辽河、大辽河、外辽河各携大大小小细密的河网，如神龙经脉，密布在辽河口。

辽河至下游，地势逐渐平缓低洼，没有约束的河流开始分岔蔓延，水网密布，形成大大小小二十一条河流。大辽河、辽河、外辽河航道，繁荣了一个个河口码头，也见证了辽河岸边水里火里岗坨先民的生存艰辛。辽河在入海口处渐次摆尾，不经意成全和失落一个个河口码头。如今，辽河改道，当年河口码头早已不见当年样貌，只剩下一些传统和民俗，依稀当年印象。

大辽河、浑河、太子河汇流的三岔河如神龙的任督二脉，自古以来就是重要的渡口，水陆运输的中转站，交通咽喉，军事战略要地。第一次见到三岔河，没见到远古波涛汹涌的气势，只见三河汇流的脉脉风情。难道这就是唐太宗经辽泽渡辽水，东征高句丽的地方吗？这里是留下大刀王君可渡蟹桥留下传说的古渡口吗？站在三岔河大桥，远望三河交汇，满目郁郁葱葱，无限江山如画，那个在一千多年前，奔波辽泽泥沼中的疲惫身影和他的大唐雄师早已消失在历史烟尘中。

据《资治通鉴》载："庚午，车驾至辽泽，泥淖二百余里，人马不可通。将作大匠（管工程的大臣）阎立德布土作桥，军不留行。壬申，渡泽东……丁丑，车驾渡辽水，撤桥，以坚士卒之心，军于马首山（今首山）。"在回师途中又过辽泽，"乙酉至辽东，丙戌渡辽水，辽泽泥潦，车马不通，命长孙无忌将万人，剪草填道，水深处以车为梁，上（唐太宗）自系薪于马鞘以助役。冬，十月，丙申朔，上至蒲沟，驻马督填道，诸军渡渤错水。暴风雪，士卒沾湿，多死者。"在这里，给大唐雄师造成无限困扰的辽泽就是如今这风景秀丽的三岔河。

大唐以后，辽泽在各个朝代更替中繁衍生息，面貌不曾改变。至明末，这里再次成为史书上频频出现的名词。天启元年，努尔哈赤攻陷辽阳，随之海州一带七十余城相继被占。当攻至三岔河东岸时，被明军利用地理优势击败。从此三岔河成为明军防卫后金的最为重要的前哨。努尔哈赤定都沈阳后，为便于向山海关进军，修筑经过“辽泽”的叠道（以囊盛土，堆叠为道）一百二十里，绕过三岔河，改由经今新民、黑山一带，再过广宁、宁远到山海关，直至关内。后来，三岔河继续担负转运码头的重任。此间岁月更迭，风云变幻，三岔河古渡口一直延续自己的使命。直到二〇〇一年，三岔河大桥竣工，这个古渡口才彻底完成了它的历史使命，从此停摆。

站在这个裹挟历史风涛的古渡口，想起过往的历史烟尘，生出换了人间和风流总被雨打风吹去的感叹。前辈的足迹已被岁月冲刷殆尽，新的印记正在形成，历史总在不经意地成全和失落一些地界，辉煌也罢，暗淡也罢，一代风流过后总会产生新的风流，这样想想也就释然啦。

说起辽河如血脉般的支流，其流向总是随意且无拘束。遇到河流阻塞而被围成星星点点的湖泊，点睛般地为河流提供休憩的场所。辽河口的湖特别多，几乎每隔几十米就有一方学名为湖的水泡子。湖内有水，水是龙渊湿地的灵气，这里的人们与水息息相关。水滋养人，人呵护水，人轻轻活在湿地中，湿地给龙渊大泽最大的福泽庇佑。湖是水的集聚，湖是河留在岸上的终极念想。

辽河口的湖有着河海的味道。此地为退海之地，海的味道天然隐藏在湖的内心。同时，湖又是没经过海涤荡的河水，湖里留着河前世的记忆。辽河口的湖特别多，几经合并变迁到如今，湖仍然很多。一般围以简约的岸，点缀些蒲草芦苇，供人们歇凉灌溉。这里的湖不同于南方的湖，水质坚硬，有气质，在风的助推下，有着河的凌厉，远没有南方的湖温柔。

湖经过岁月变迁，小湖湮灭，大湖扩容，依然如龙睛般点缀龙渊大泽，譬如荣兴湖。荣兴湖是我如今经常光顾的休闲佳处，经常环着湖游走。它早已不是先前水坑般的存在了，拥有了优质的岸和植被。春日，堤岸仿苏堤的垂柳妖娆如烟，春水碧绿如蓝，水波跌宕，铺面的寒气让你一下子体会到湖的内质；夏日绿意殷殷，骄阳似火，湖面凉柔的风让你浮躁的心一片澄明；秋日荣兴湖美在岸上，红、黄、绿多彩植被掩映在水波中，不断拉升你的审美层次；冬季的荣兴湖如水墨画般辽阔苍茫，有着独钓寒江的苍凉孤寂。

## 五

做《龙渊记》最不能错过的是龙渊精神，这是龙渊记的核心，也是难点。每个人心中有不同的龙渊精神，譬如大气融合、快意恩仇、一诺千金等，笔者生于斯长于斯，几番探索龙渊精神的真谛而不得要领，无奈之下，仅以侠义为精髓简要赘述如下。

据《盘山厅志》载“本境向无土著”，这话说得有些绝对，却也真实。因为战乱和灾荒，当地土著居民丧失殆尽。到了清代和民国前期，山东、直隶农民闯关东陆续迁移此地。这些农民在故土难以维持生计，到了关外这片广袤黑土地仍是弱者，生存缺乏仰仗，既无外力依凭，自身实力又薄弱，只能相互扶持，彼此依赖，形成讲同乡、重人情、认知遇等义气情结。仅仅一个姓氏、一个同乡、一段交流、一个故事就能义结金兰、肝胆相照、同生共死。一个承诺、一份浅交、一段情缘更能一生一世、不离不弃，甚至结成世代情缘。他们一言不合，拔刀相向；相逢一笑，恩怨尽解。这血与火、苦与累中形成的恩怨分明的性格，与在闯关东进程中战天斗地形成的冲天豪气，凝结在一起形成干脆利落的尚武豪侠精神。所谓瘠土之民，莫不向义。义气、仁义、情义、侠义、义薄云天成为当地最热的词。当地人把义字作为人生准则写在心灵的底板上。因义字激荡，当地人好习武使气。碰见兵荒马乱的年月，这股激荡的豪气促使他们敢于揭竿而起，义字当先，保卫乡里，一诺千金。民国时期，当地绺子多如牛毛，曾被称为“匪薮”。遇到国家危难，他们大多能转身抗日，把一个大写的义字写在这片土地上。

史书载，此地武将多于文官，仅史书记载有名有姓的武将百十位之多。张作霖就出生在这片被义字浸染的土地上，他的传说被当地人绘声绘色地描述。有这样一个传说颇能说明他的义字精神。张作霖的父亲张有财嗜赌成癖，终年混迹赌场，号称“张三爷”（因为他家哥儿四个，他排行第三），是个“赌棍”。在赌场上赢就揣起来，输多了就不给，赌徒们背地里都称他为“张三儿”（此地对狼的称呼）。在小马家房屯也有一个“赌棍”叫王太和。有一次，张有财与王太和赌钱，张有财输钱赖账，王太和不肯相让，两人就吵起来，张硬是不给，王感到跟张要不出钱来，有失自己的面子，于是就想出个强打硬要的主意。王太和知道张有财回家必经小马家房屯西水沟转弯处，就求其弟王太利做帮手，拿着木棍躲在沟边树丛中，趁张无备蹿出，截路，向他要钱。张有财平时在赌场耍硬充横习惯了，没把王家兄弟放在眼里，双方打斗一处，王家兄弟失手打死了张有财。后来，张作霖发迹，杀了张作霖父亲张有财的王太和后人更是心惊胆战，吓得东躲西藏不敢露面。张作霖托人带话安慰王家人，说：“这都是过去的事了，两人打死仗，不是你死，就是我活，我张作霖绝不官报私仇!”张作霖说到做到，果真没碰王家一个手指头。

还有这样一个故事。张作霖回乡祭祖时，遇见唐家铺说书的唐先生，他妹妹和张作霖两小无猜，但唐先生嫌张作霖穷，阻挠妹妹嫁给张作霖。张作霖见唐先生面露愧色，就亲自上前探问了唐先生及其妹妹的近况。唐先生直说对不起，张作霖哈哈大笑，随后让唐先生说了《响马传》选段，还赏了唐先生一果匣子洋钱。在龙渊，这样的故事不胜枚举，不止张作霖，普通人也做得到。作为张作霖的同乡，我们这些后辈继承前辈义字精神，延续河海交融的融分理念，去塑造新的龙渊精神，书写新的龙渊记。

# 辽河口散记

## 岗坨升烟

在辽河入海口，有一座拥河傍海的湿地之城，奔涌的辽河从这里独流入海。而辽河口的文明旅程竟从岗坨升起的第一缕炊烟开启。

辽河从发源地逶迤而来，到中下游水系分流成纵横交错的河流网，其中以辽河主干和绕阳河为大。坨子是湿地、岗子、台地的统称，是辽河口最早有人类居住痕迹的地方，这里代表农耕文明的传统文化称为“坨子文化生态群落”。

从岗坨升起第一缕炊烟起，坨子文明开始在这片神奇的土地上孕育。考古表明，早在五千年前，这里已有人类定居。在那草长莺飞、盐滩裸露、狂风肆虐、贫瘠荒凉的恶劣环境里，我们岗坨先民以渔猎兼农耕的生产方式谋取生活基本需求。后来，随着卢龙古道、辽河航远、内陆运河的开通，岗坨文明开始迈向多元化。满清入关后，丰富的渔业、盐卤、芦苇草场、荒滩等资源吸引大量移民涌入，各地文化相融于此，形成丰富多彩的岗坨文化。

当时的盘锦既无山林之富，亦无显赫机构，最大宗的出产不过是苇席、盐和碱，顶高级的衙门不过是厅署、县治，这样的自然环境和文化经历使盘锦形成以平民为主体的地域文化特征，即平民“混穷”之地。意指本地区地广人稀，且因有鱼虾、苇塘之利而有吃有烧，实是求生求存者的宜居之地。当时居民多住硬山式囤顶海青房，屋顶略微拱起呈弧形，前后低、中央稍高，房屋左右两侧山墙有的会凸出于屋顶，凸出部分会被砌成弧形。囤顶房屋的排水效果较平顶佳，还可以防御风沙，并却避免过多的屋顶积雪。其特点是：石基、青砖或土坯山墙、砖压檲、草披屋顶、砖挡梢、七檩或九檩房架。如今大辽河西岸房屋还延续先民的这种海青房形状。

岗坨升烟，勤劳智慧的岗坨先民充分发挥自己移民文化的显著特征，除了农耕生产，还采用赶集、赶庙会的形式，开展销售活动。上午销售，下午生产，常年不辍。这种古老的销售模式在本地延续至今。赶集分赶闲集、赶忙集、赶露水集和赶“穷棒子”集。据整理，现常年在集市销售的四个传统项目，都有很大成交量，极大丰富了当时人民的生活。

除了忙时农耕、打鱼摸虾，岗坨先民还利用农闲时间熬制小盐大碱，还利用丰富蒲草、芦苇等资源，开展手工艺编织，补贴生活费用。不知从何时起，一到冰封草黄之时，内蒙古、吉林一带割苇的刀客就奔赴辽河口的苇塘，把成片成片的苇海放倒，垛成一垛垛高高的苇山，满河满塘的蒲草成熟柔韧，巧手农家女开始尝试苇编、草编，换取生活补贴。现如今辽河口民间苇艺草编技艺项目包含众多，子项目呈多样性和区域性，如小亮沟苇编、盘锦苇画、蒲草编织、芦苇编织等。

坨子的节庆生活方式也是丰富多彩。杀年猪标志要过年了，并向邻里宣布自家的丰收。一过小年，很多人家要杀猪要请客（qiě）、叫“来往”，有些地方会连请两天，一起热热闹闹辞旧迎新；腊八之后，主要捕捞方式就是冬捕。渔民需顶着严寒刨冰弄水，抛开技艺不讲，更像是一种虔诚，一份喜好，也是人们交流情感的一种方式。从民国时候起，每年都举办元宵灯会，老百姓都会涌上街头观花灯，届时小吃、传统手工艺品摆满街头，叫卖声不绝于耳。灯会已成为盘锦参与人数最多的民俗活动，至今鼎盛依然。

坨子的味道也是多种多样，从食材的存储方式来分类：通过腌制而成的有沤臭鱼、狗宝咸菜、蒜茄子、烧芥菜疙瘩、酱缸咸菜；通过窖藏来加工的菜有乱炖、杀猪菜；通过发酵而来的最为典型的是家下大酱、酸菜，这两项是本境最为代表的食材；通过晾晒而成，首推锅包鱼、小鱼干（穿钉、麦穗）、各类干菜，其中灰菜必须晾晒后才可食用；即食生吃有苣荬菜（亲妈菜）、婆婆丁等。传统小吃有韭菜合儿、黏糕、黏豆包、黏火烧、油条、大锅甲子、锅出溜等；朝鲜传统小吃以打糕、拌菜最为著名。成型的菜肴以“四事席”最为典型，所谓四事，也就是婚丧嫁娶各一套席面，菜品只作微调。席面为四凉四炒四大碗。就味道来看，有“酸菜酸、甜菜甜、渔贷腥、亲妈菜的苦、小盐的咸”较为典型。主食以高粱米饭、苞米面为主。

拥河抱海的地理位置，包容开放的文化气质，“始于宋辽、兴在明清”的历史文化积淀，造就了与众不同的平民河口文化。从岗坨升烟到辽河口文化，岗坨先民走过艰苦卓绝的历程，各种移民文化的不断注入使这片土地的“文化地图”更趋饱满也更具个性。

## 稻亦有道

修整了一个漫长冬季的黑土地在辽河水的滋润下，泛着流油的质感，广袤的辽河冲积平原如平铺在天际的水稻产床，迎接从秧田移植到稻田的秧苗。每到插秧季节，从开秧门到关秧门，从吃食到劳作，占稻祈福的人们恭谨虔诚，不敢稍有懈怠。等到成垄成行的秧苗整齐地列队在田畴上接受春风检阅的时候，人们也把收获和希望播种在祖祖辈辈洒下辛勤汗水的肥美土地上。

新插的秧苗迎风而立，随着雨水拔节长高，到了抽穗开花的季节，也是水稻发生爱情的时候，整片的稻花迎风开放，花粉飘过，像一缕青烟，如此薄，如此轻快，轻快得简直就像我们易逝的青春。水稻的柱头伸到颖壳外，承接飞扬的花粉，它们彼此寻觅，就像我们寻觅彼此。每株水稻都拼尽全力，努力绽放，把生命中最精华的部分展示出来。水稻受粉、灌浆的声音据说是可以听到的，我的爷爷就是闭着眼睛也知道哪片水稻长势的种稻老把式。爷爷老年的时候，体弱不能耕作了，他也常常挪到地里，面对一株水稻，一坐就是几小时，甚至更久，有时候一边看，一边对着水稻讲故事，目光须臾不离开水稻，仿佛水稻是他的前世情人。当年的我不理解爷爷与水稻的感情，随着年龄增长，阅历丰富，耳濡目染的稻作文化的熏陶和这片生活热土传递出来的熟悉的味道，收获的喜悦渐渐侵占了身心。那一刻，我如一株灌浆的水稻承接过爷爷深情的对视。

追溯历史，人类最早的农业文明古埃及、古巴比伦、古印度和中国都诞生在大河流域附近，在辉煌的麦田上。小麦等旱地种植作物，大量消耗土地肥力，通常种一季就得休耕一两年。我们的黄河文明就在小麦农业中饱受煎熬。水稻是一种喜爱水热性气候、需要大量水资源的作物，非常适合长江中下游和珠江三角洲种植。这种作物产量非常高，农民撒下去的种子通常可以收获二十倍左右的稻谷。而且种植水稻的土地不需要休耕，只需要每年适当补充养料就可以持续不断地耕种，比起种一季就得休耕一两年的小麦来说，大大缓解了人地之间的矛盾。再加上水稻常年浸泡在几十厘米深的水中生长，避免了麦田反复灌溉使水分大量蒸发造成的盐碱化问题。地力衰老的周期大大延长，无形中也延长了农业生产衰落的周期。从北宋开始，中国古代王朝的经济重心便悄悄地从黄河流域转移到了长江流域和珠江流域。

盘锦地处辽河平原，既有平坦的地势又有充足的水源，十分适宜种植水稻，可盘锦稻作种植开始得比较晚，据《辽宁地域文化通览·盘锦卷》记载，民国十七年（1928），张学良的营田公司开创大面积种植水稻的历史先河，并于接下来的二十年间得到了延续，到中华人民共和国成立前夕，盘山农场已成为中国规模最大的农场，从而奠定了本境稻作事业的基础。中华人民共和国成立以来，盘锦大规模种植水稻，经过几代人的拼搏努力，终于在白茫茫的盐碱滩上种出了优质水稻。

一代又一代的盘锦人精心地侍弄着水稻，像守护着自己眼珠、血脉那样倾情水稻。或是为了生命的存活与延续，或是践行着自己的诺言与创造，或是体现生命意义价值，或是在它的身上守望着未来的憧憬和希望。当第一粒稻种在那泛着碱花的滩地上破土而出的时候，便预示了未来百年后的光明与辉煌。不论是在“当家做主人”的新生活激励下的垦荒创业，还是在

“五七指示”光辉照耀下的以粮为纲，不论是按照“两高一优”模式发展特色农业，还是向专业化、产业化、集约化的深度和广度进军，都可以欣赏到盘锦人依傍稻作，连续奏出的一曲又一曲的华美乐章。如今我们可以近距离拥抱水稻，深情地守望它成长；我们还可以认养自己的稻田，一展自己的水稻情结。可当初那改天换地的苦楚，我们的祖辈、父辈替我们承受下来，“大干红五月，不插六月秧”是他们在实践中摸索出来的俗语，告诉我们北方稻作最不可以忘记和拖延的季候和时令；“水盐相伴、水盐相克、盐随水来，盐随水去，水随气散，气散盐存”，这些简易口诀是他们一次一次水里泥里，跌倒爬起的经验凝结，对于辽河平原克盐治碱获取水稻丰产具有极强的可操作性。

盘锦人的生产、生活与稻息息相关，先期的火犁翻耕、电力提水，后期的条田化作业、飞机播撒稻种、航喷农药，还有耙地、除草，收割、运输、脱谷的系列化机械作业，都显示盘锦人与时俱进的智慧与力量。水稻种植面积、产量、质量的不断提升是稻对盘锦的倾情回报。稻深入到盘锦人的骨髓里，就如同盘锦人的胃对大米的思念，一碗甜香软糯的大米饭就可以慰藉盘锦人对食物的所有念想。随着生活水平的提高，物质的极大丰富，盘锦人不用须臾不离地依托大米饭，可酒醉肉足之际，还要一碗大米饭来作为一顿饭的终结仪式。

盘锦人善于耕种水稻，也精于营销大米，并以时间的积累和各个环节的不断成熟进而演化成有特定主题意义的庆典活动，像盘锦大米博览会、盘锦大米展销洽谈会、中国优质稻米（盘锦）交易会等，它以相应的固定时间和地点与方式，彰显盘锦大米的品质和优点，成为其产品、服务、思想、资讯的集中展示平台。

盘锦稻作文化烙印在人们的世俗生活中，盘锦人在不同的特定环境下形成创造性地处理人与水稻关系的劳动经验、科学技术等关于物质生产的文化，也形成由稻作生产方式决定的消费方式带来的衣食住行等方面的生活文化，从而会影响到人们的心理活动、思维方式、道德观念、科学认知、艺术创作、情绪感觉，因而也形成了独具特色的盘锦地域文化的主体精神。在盘锦有一种独特的稻占技艺，传承和延续一百多年，即水稻若干个品种的种子在未种之前运用稻占预测出哪些品种更适应当年气候，种了更增产增收。据古籍记载，“耕种田，先试种、占卜”，盘锦稻占技艺就是古代农业试种占卜技艺的传承和延续，是民间历史文化中的瑰宝。稻占技艺流程复杂，工序细腻，传承久远，蕴涵着丰富的科学技术基因，是一份极其宝贵的历史遗产。

正如纪录片《稻之道》中讲道：“我们选择了稻米，就选择了一种文化，我们的生活情感甚至精神世界与稻米的荣枯盛衰纠缠在一起，与之同悲共喜，生生不息。”稻米就是生命，就是财富，稻米文化凝结在我们的精神中，流淌在我们的血液里。古往今来，稻米的兴衰与辉煌就像人类在母亲怀里接受哺乳的一瞬，就在这个瞬间，它承载与创造了人类的文明，这稻米酿就的沉甸甸的文化，稻香飘扬的诗情画意，将通过我们责无旁贷地传承下去。

# 泽地味道

每到旅游旺季，总有四面八方的友人慕名来盘锦，作为东道主的我理当尽心尽力安排好吃住并且陪游。分手时，我总喜欢问友人对盘锦的印象，众人答案当然不一而足，大体上是如下几句，譬如城市小，生活好且自在随意等。今年“五一”小长假，一个自助游的写手朋友来盘游玩，在看遍景点，又遍品风味之后，我趁着酒兴，再次提出我的问题，她沉吟片刻，正色答道，盘锦这个城市虽小，却具有得天独厚的资源，你生在其间可谓福分不浅。看得出你觉得生活在盘锦很惬意，可细品起来，我个人认为，这个城市正在成长转型，风格杂乱，缺少独特品位。我“王婆”地解说，我们这个城市这几年的变化很大，将来会如何如何。见我不服气，她进一步解释说，你或许觉得这里的风清爽，这里的水清冽，这里的人情味最浓，这里的吃、这里的住、这里的购物都是最棒的，可这些因素综合起来，顶多算是生活舒服而已。可以这样说，盘锦确实有些让人一见难忘的独特优势，却缺少让人齿颊留香，回味无穷的独特韵味。

朋友话语不多，却直击要害，我虽不认同，却也没有强有力的论据驳倒朋友。可能久居芝兰之室的感觉，我竟分辨不出自家城市的味道了。因为自幼生长其间的缘故，我像熟悉自己身体状况一样熟悉这个城市的点滴变化，看着她一天天变美，一天天长大，内心感到充盈且满足。我笃定地觉得任何地方也没有盘锦好，无论走在哪里，都忙不迭地赶回来，只有在这里，我才感到自由和呼吸顺畅。但这个城市最显著的特点是什么呢？换句话说我们要拿什么东西印在这个城市的名片上？盘锦最拿得出手的东西，似乎有很多，一一数起来却又不那么鲜明，又都不能涵盖城市特色。诚然，一座城市恰如人一般，确实应该有着独属于她的味道。就如普罗旺斯的紫色浪漫唯美，老上海的香艳凄美，意大利的忧郁性感……能够承载这些味道的永远是那些寄托人某种情感的特定象征物，甚或是历史、文化、情感、经历的融合体。去过绍兴的朋友一定记得城市间到处流动着的鲁迅味道。故居自不必说，就是随便到街上一转，都能感觉到那深深的鲁迅味道。酒店必与孔乙己有关，老酒、茴香豆、臭豆腐……临窗眺望，悠悠而来的乌篷船……那些夹杂其中的哪怕是一座小小的店铺，都沾染了鲁迅的味道，书籍、“金不换”毛笔、写有“三味书屋”的折扇……那股浓得化不开的“鲁迅味”的确是绍兴古城的最大特色。

一座城市有一座城市的灵魂，一座城市有一座城市的韵味，一座城市有一座城市的气息。一座城市的味道，就是有别于另一座城市的文化。以后虽经岁月更迭，代代相承的文化却是永恒的气息！然而，在经济高速运转的时代，很多独属于城市的味道在林立的高楼间，在宽阔的街衢间，在辉煌的宾馆间，在琳琅满目的商品间渐渐变淡。我们盘锦市建市时间不长，但经济和社会事业发展速度迅猛，可以用神奇崛起来形容这个城市日新月异的发展之姿。是否因为速度过快，很多美好来不及仔细品味和沉淀，被快速带过了？我一直相信一个城市一个国家都有它自己的气质，这种气质是历史的沉淀，是岁月的赠礼，而正是这种气质造就了生活在此处的人们独特的生活观念。

我要寻找那份属于盘锦的味道。为此，我上下追寻，从盘锦的母亲河——辽河开始寻找。漫步辽河岸边，辽河的味道扑面而来，有一份温暖，一份清新，一份隽永，还有一份通天彻地的舒坦。可谓“春夏秋冬皆有景，阴晴雨雪都成趣”。春天的辽河，有着早醒的青草味，清新中夹杂着初春的甜香，有着独特的草根味；夏天的辽河，过滤了酷暑燥热后的薄凉，空气中散发着甜冽的气味；秋天的辽河，有着湿地特有的芦花味道，沁人心脾；冬天的辽河，格外空阔，厚厚的雪花覆盖着辽河与渤海，共赏海天一色的苍茫。这些味道只有久居盘锦的人才能品味到。如果辽河味道不足以说尽盘锦韵味，那市井的繁华定会诉说盘锦味道。

在人们还熟睡的清晨，我悄悄早起，于细微处去寻觅那城市气质的芳踪。天灰蒙蒙的，少数早醒的人在晨练，几家卖早点的摊贩搅动着豆腐脑和油条、包子的清香。忽然，一群急急忙忙赶早市的商贩，在我面前如风掠过，像迅疾觅食的家雀儿，叽叽喳喳的充满活力，还有热火朝天分报纸的报贩以及扫地的清洁工，都在紧张地忙碌着，他们也不见得活得多富足，可人家照样活得那样有滋有味有劲。就在那一刻，我真实地感到城市内在生命的活力，劳动的光荣，内心被一股力量激荡。我语言贫乏，描述不尽那激荡的生命力与盘锦味道的内在关系，但我真切地知道盘锦味道所蕴含的元素，不论内涵和外延都比这要深远得多。

在万籁俱寂的深夜，连蚊虫也睡着了，我没有睡，还在找寻那独有的城市味道。我看见沸腾的建设工地，你追我赶的建设场面，忘我工作的建设者们演绎着盘锦神奇崛起的传说。是呀，多少年了，我洞悉着这个城市的点滴变化，我看着这个城市日益走上繁荣，我真切地感受到城市的脉搏，觉得自己和这个城市共呼吸、同前进。

我忽然觉得这个城市的变化有我的劳动在里边，自己虽然没有做成什么大事，但我所做的一切都有意义，我并没有浪费自己的生命。当我穿着纤细的高跟鞋踏过马路时，当我穿着时装表现自我时，当我展现才华忘我工作时，整个城市都是我的舞台，整个城市都充满着音乐和律动，每个脚步，高楼和天空浮动的云，人和人的擦肩而过，都是光影重叠的，整个城市是动感的，充满活力的。我热爱这个城市，我更加迷恋这个城市，我要告诉四面八方的朋友，在这个城市里生活，快乐是人生最重要的东西，尽管人生有许多不如意，就像雨会打湿我们的翅膀，但最终我们会翱翔在蓝天。

这些是发展的味道，盘锦从出生起就注定它独特的湿地文化味道。海风的咸腥和码头油轮相融合、芦花的清香与市井的繁华相伴、辽河的隽永与港城相辉映等，这味道真是与众不同。

# 辽泽那片嫣红

在飞机上俯瞰辽河口湿地，就会看到大片嫣红的翅碱蓬织就的地毯锦缎般铺向河海交融的深处。这片红色的锦缎哪年形成已无考，据学者介绍，有地球那天就有，沙与土，盐与碱，多么恶劣的自然环境也阻挡不了红海滩的生长和延伸，在防潮大堤的沿海滩涂上，追逐着海水和太阳，顽强地延伸着。

这美丽了上亿年的植物，为一切生命提供底色，可人们只记得饥饿年月的红草馍馍和连绵不断地展示美丽的风姿。

在辽河入海口，海与陆地的边缘，海水与滩涂浸润的盐碱地上，生长着一片美不胜收的玫瑰红，绵延百余里，如火如霞，一直延伸到海天交界处，那片神奇的植物被盘锦人亲切地称为“红海滩”。一直伸向大海深处，仿佛把天都烧红了。有人说盘锦的云是奇异的，有着不同凡响的红晕。这个秘密外人不明白，只有久居盘锦的人才知道，云彩本没有异样，所谓的红晕是天下奇观红海滩映红的。

神奇的红海滩由生命力旺盛的翅碱蓬织就，每年三月份，翅碱蓬钻出地面，在咸涩的泥土中扎下生命的根，然后伸展枝叶，进而蓬勃向上。翅碱蓬初为绿色，在太阳的照射和海水的冲刷下，碱蓬草由绿逐渐变红，无数个碱蓬肩挨肩，手拉手，汇成红色的海洋，犹如一块红色的地毯铺在天边，景色蔚为壮观。站在大海边，看到一望无边的红海滩，浑朴与伟岸、神奇与浩瀚的感觉交织在一起，说不上一种什么感受，浩瀚、壮美、神奇，我想了好几个词，好像都不准确。记得不知是谁写的几句话，很符合我现在的心情：百里海滩碱草红，浓妆淡抹沐秋风，霓裳霞染天帷落，神女抛丝织就成。这美妙绝伦的迷人景色，年复一年的赤红如火，不是神女织就的，而是由弱小的碱蓬组建的，就是一株株纤弱的小草，将盘锦的深秋醉人的美感演绎得动人心魄。

红海滩的确切出现时间无法考证，有学者称有了地球有了海的时候，就已经有了红海滩。碱蓬草是一种适宜在盐碱土质，也是唯一一种可以在盐碱土质上存活的草。这种环境越恶劣，颜色愈嫣红的生命之草，在六十年代，曾挽救了无数生命，滩边的渔民村妇曾采来碱蓬草的籽、叶和茎，掺着玉米面蒸出来红草馍馍，几乎拯救了一整代人。如今再看到火红颜色的草，就想起那些年的红草馍馍，那红草馍馍里不仅蕴含着满满母爱，更凝聚了母亲的智慧和坚强。在那个“瓜菜代”的年月，我们的母亲就同碱蓬一样在艰苦的环境里，扎根生长，哺育后代，她们智慧地躲过那场灾难，顽强地守候着身后的家园，在苦涩和艰难里，奉献出一片生命的嫣红。看见碱蓬，就想起我们的母亲，她们如这片碱蓬一般，默默无闻，生生不息，索取甚少，奉献一生。鲁迅曾自喻说自己吃的是草，挤出来的是奶，碱蓬也一样，在恶劣的环境里扎根，不索取一分一毫，而用弱小的生命染红了盘锦的海和天。我的母亲就是一株碱蓬草样的女人，弱小而坚强，把一生奉献给她的子女和家庭，就如同碱蓬那样深爱着她脚下的盐碱滩。自母亲故去后，每一年碱蓬嫣红的时候，我都去红海滩，看看那一株株抗击风浪的弱小身躯，每每海浪击打在碱蓬的身上，就心疼得几乎揪起来，想起母亲短暂而默默付出的一生，每时每刻都抵御着岁月侵袭，用弱小身躯，护卫她足下的大地。这一刻，仿佛母亲的灵魂就在那一株株红草中。特别是初转为嫣红的碱蓬，就如年轻时母亲那羞涩的脸庞，有初为人母的喜悦，更有战胜长路漫漫的坚定；经霜更红的碱蓬，就如中年母亲殷殷的嘱托，冗长、唠叨且充满爱；冰冻枯涩的碱蓬，就如风烛残年的母亲，那饱含爱意的关注是对世间的千般爱恋。如今，我也成为一名母亲，也在继承着母亲当年的衣钵，奉献着、付出着、燃烧着自己。我凝视那片神奇的海滩，仿佛自己化身其中，与身边的碱蓬一道抗击大海冲刷，护卫足下的土地。那年年红遍的草滩，如一茬茬母亲的爱，生生不息，浩瀚悠长。一株碱蓬是平凡的，千万株碱蓬就汇成天下奇观。没有人会关注红海滩里的一株碱蓬的痛痒，他们惊叹的是群体碱蓬的壮观，同样的，我们歌颂伟大的母爱，却忽略自己身边唠叨贴心的母亲才是最值得歌颂的。冼星海的《黄河大合唱》最能体现中华民族顽强精神，可这大合唱是由滴滴不起眼的黄河水组成的。我们歌唱“当丹顶鹤飞过红海滩，我们面朝大海，等待春暖花开”的时候，是否会想起，盘锦的每一个春暖花开，都饱含了一株株碱蓬顽强奋斗，生生不息的执着。为红海滩歌唱的曲子不少了，让我们为天下母亲唱一曲碱蓬的歌吧。

有人说，红海滩是活的，生生息息，始终追赶着海浪的踪迹。有人计算过，那里的滩涂以每年五十米的速度向海里延伸，红海滩也就踩着它的足迹，一步步地走向海里。也就是说，你追随了红海滩，就追随了生机与希望。因为每株碱蓬都注入母亲的英魂，她们深爱这片盐碱地，愿意用柔弱的身躯为我们抵御风浪，护卫我们的健壮安康。

# 忘情草和渔雁芦

在辽河入海口，有一片红滩绿苇交错的美丽滩涂，当地人称之为鸳鸯沟。这里的翅碱蓬格外嫣红妩媚，如少女红唇，纯真魅惑；这里绿苇格外修长伟岸，如渔家男儿英挺壮硕的身躯，中正阳刚。当地人称这遍地的翅碱蓬为忘情草，浩荡的绿苇为渔雁芦。这红中拥绿、绿中抱红，如阴与阳相依相伴的美丽滩涂，蕴含着无数美丽传说。

每年三月份，翅碱蓬与芦苇像约好的一样，在咸涩的泥土中扎下生命的根，然后伸展枝叶，进而蓬勃向上。翅碱蓬初为绿色，在太阳的照射和海水的冲刷下，碱蓬草由绿逐渐变红。而刚冒出嫩芽的芦苇初为淡红，如羞涩的少年，而后由红转绿，拔高身躯，一排排、一对对如卫兵守护着嫣红的翅碱蓬。这红与绿的映照、阴与阳的调和，使大自然演绎的鸳鸯沟之恋，一直延续到天荒地老。

## 一、忘情草

传说东海龙王的女儿红袖，天生漂亮伶俐，是龙王最珍爱的小女儿。有一次天上召开重要会议，龙王不得不离开龙宫去天上开会，走之前他嘱咐红袖，千万不能浮出水面。

天上的一天就相当地上的一年。在海底红袖觉得很无聊，突然就有个想法：出去看一下，看一下天空，透透气就回来，没人知道，无所谓的。就这样，她忘记了龙王的嘱咐浮出了水面。外面的空气很清新，蔚蓝的天是那么的美丽，就这样红袖陶醉在海外的世界。正当她陶醉时听到很美妙的笛子声，清脆优美的笛声深深地打动了她，于是她就顺着笛声，找到了吹笛的书生，就这样红袖与书生一见钟情。红袖早把龙王的嘱咐扔到了脑后，没有回龙宫，红袖与书生结了婚，相亲相爱，也有了爱情的结晶。

时间如箭，很快就到了龙王回宫的日子，回到龙宫的龙王看到违背自己命令的女儿与人间的书生在一起，很是生气，一气之下，派兵把红袖抓回了龙宫。红袖很伤心，更是想念自己的丈夫和孩子，这种思念无法消失，她天天以泪洗面。哭着哭着最终还是哭出了血，她还是无法停止哭泣，这样她的红色的眼泪染红了海底的海草。所以这个地方每当退潮的时候，被染红的海草就会露出水面，于是这个地方也被人们叫作红海滩，把这种海草叫作忘情草。

龙宫里有个叫任忠的侍卫悄悄爱慕红袖，他冒着生命危险放走红袖。等红袖赶到海边时，暴怒的龙王已经把整个村子卷进大海，书生和她的孩子全都不见了踪迹。伤心欲绝的红袖了无生念，一心想寻死，无奈任忠苦苦阻拦，没有死成。后来任忠被龙王消除仙籍，打落凡尘。红袖也因为私恋凡人触犯天条，被打入轮回成为凡人。

因为红袖心有所属，再次被贬入凡尘，一缕魂魄飘入海边，成为渔民的女儿，起名小红。小红聪明灵巧，从小知书识礼，父母视为掌上明珠。和小红一起长大的年轻渔民叫强生，笛子吹得出神入化，小红的心跟着笛子的声音舞动。无奈强生家里很穷，小红的父母不愿女儿跟着强生受苦，坚决不同意两人的婚事。两个年轻人谋划私订终身，相约为爱私奔，沿着大海去寻找新的生路。然而，没等他们付诸实施，小红的父亲为讨好省城富商任可愉，硬把小红送去做妾，生生拆散小红与强生的好姻缘。与梁山伯祝英台不同，强生和小红没有殉情，而是默默地相思，苦苦地思念。小红嫁的男人对她非常好，每日里围着她转，恨不得摘下天上的月亮讨她欢心，可小红要月亮干什么呢？

小红对他说："你放我走吧。"

他狠狠地说："你休想！"只有这时他才对小红凶。

后来，小红终于找机会逃了出来，她要和强生重新开始新的生活。然而，任可愉追上了他们。几日不见，可愉明显憔悴了，他求小红跟他回去，小红坚决不从，他就威胁小红要把强生送到官府。

小红抽出一把匕首，抵在自己胸口，厉声说，"你放开他，不然我就死在你面前。"

"小红，你疯了，快把刀放下！"

"你别过来，别逼我！"小红疯狂地摇头，泪如雨下。

任可愉扑上来，抢夺刀子，小红抵死挣扎。在争夺中，不知怎么就把刀插进了可愉的胸膛。

任可愉的血流入荒野，把身下翅碱蓬染得更红了。小红知道，她和强生不可能背负任可愉的生命重债重新生活，于是她拔出匕首，出其不意地插入自己心脏。

从此，忘情草经过鲜血滋润更红了。

强生年年岁岁守着这片滩涂等待小红回来，他吹笛子给大海听、给海鸟听、给天地听，听得云呜咽、海咆哮，那心爱的人始终没有回来。

他不眠不休地吹，最后口吐鲜血，倒在嫣红的翅碱蓬上。

第二年，火红的翅碱蓬中长出一簇簇、一片片茂盛的芦苇，亭亭的，修长的，围绕在翅碱蓬身边，交错着，相拥着，如阴阳相伴、缠绵悱恻。这里的芦苇与辽河口平常的渔雁芦不一样，它心无旁骛，追逐忘情草而生，与之相依相恋。听老人讲，这芦苇是强生的化身，他魂魄不散，与化身红海滩的小红相依相偎。当地人心疼这对生死相恋的苦命鸳鸯，称这片浅滩为鸳鸯沟。

## 二、渔雁芦

辽河口的芦苇又称渔雁芦，颇具灵气，是渔雁先民爱情的象征。据说有渔雁就有渔雁芦，渔雁芦演绎的是渔雁先民的爱情。

传说在辽泽洪荒时期，每年初春大雁北飞的日子里，关内的打鱼人出山海关，过辽西走廊分别到辽河口、鸭绿江口、黑龙江口等地下海打鱼，待到大雁南飞时，再罢海回家乡。沿途村镇居民将这支有规律，像大雁一样春来秋去的打鱼人称为“渔雁”。

在辽河口流传着一个渔雁芦的传说。从前，在黄河边上有个小村子，村里有一个聪明美丽的姑娘，名叫晓华，十八岁那年与芦雁哥订婚。这时正是冬去春来，大雁南飞的日子，芦雁哥就要起身北上打鱼了。在后院，两个相恋的人依依不舍，款款诉请。晓华送给芦雁哥两把竹梭，这两把竹梭，一把是她父亲亲手刻的，刻着父亲的名字，写着一句祝福的话，“多捞鱼虾，勤补渔网”。一把是晓华亲手所刻，刻着姑娘坚贞的爱情誓言，“不管是到天南海北，还是天涯海角，让它把小妹的情思织在雁哥的心网上。盼着有一日，大雁飞回来，与哥披红挂绿拜花堂……”

此后，南雁北飞，北雁南往，一去三载不见芦雁哥的音信。晓华站在村口，对着南来北往的大雁发出一声声追问，是芦雁哥打鱼发了财，变了心肠，还是狠心的渔霸捆住他的翅膀，不让回乡？是船小经不起风浪，还是海倭把他伤？唯有大雁和满眼的秋霜见证姑娘三年的相思与苦恋。姑娘彻夜难眠，徘徊在后花园，硬是在那儿踩出一条甬道。

又一年春草发芽时，后院里长出一株独根芦苇，尖尖细细的，与其他春草不一样。这独根芦苇是风吹一吹，它长一长，日晒一晒，它壮一壮，很快长出七个叶一人高。姑娘对着芦苇心伤，芦苇呀，可怜你独根生，无依无伴，如同我失去芦雁哥呀！想着，哭着，泪水哭尽，嗓子哭干，刚把脸蛋贴在芦苇的一片小叶子上，只见那叶片上一颗滚动的小露珠轱辘一下落进晓华的嘴里。

从此，姑娘怀有身孕，慢慢地被父母发觉了。那年月，伤风败俗哇，其父大怒，要烧毁草房，把女儿烧死在里面，免得女儿丢人现眼。娘心疼女儿，再三追问。

女儿始终那句话，说是喝了苇叶上的露珠而致。

父母是知道女儿的品行的，也觉得后院这株独根芦苇长得奇怪。于是，以给女儿医病为名，雇人挖苇刨根。挖呀，刨哇，从黄河边刨到白洋淀，又从白洋淀挖到山海关，一直挖到辽西走廊、辽河口、鸭绿江口，最后挖到黑龙江口。

黑龙江口有一个小渔村，芦苇根就连在小渔村郊外荒滩一座孤坟上。这座孤坟长满芦苇，派人进小渔村打听，回复说，土坟无主。有知情人透露，三年前有个打鱼人生病死在荒郊上，被村里的几个好心人发现，后埋葬于此。受雇人又扒坟验尸，当打开棺材一看，死人都烂了，只有死人怀间的两把竹梭还完好，晓华姑娘的老父，举在眼前一看，啊的一声，认出一梭是他女儿亲手所刻，一梭是他自己所刻，上面字迹清晰可辨。不用问，死者正是晓华夫婿芦雁哥。

回到家中，女儿生下一子。父亲非常高兴，给孩子起名叫“追根”，意思是让孩子长大成人，沿着他父辈芦雁的足迹去打鱼，因为葬他父亲的荒滩是芦根的发源地。渔民们说，芦追根就是北上渔雁的祖先。渔民们还说，如今，黄河边上、白洋淀、辽河口、鸭绿江口、黑龙江口等地的芦苇都是一条通根。

强生口吐鲜血倒在红海滩上，朦胧中，见黑白无常拿着锁链来缉拿他。他不甘心哪，不能被拿住，他要生生世世守着心爱的姑娘。于是，他转身就逃，可一缕魂魄，连风都能吹散，如何抵得过索命无常的追逐，眼看要被捉住了。

强生心里着急，四下一望，一片荒滩，哪有藏身之处，只有一株株芦苇，在风中摇曳。强生别无选择，一闪身，躲在一簇芦苇丛下。

黑白无常冷笑一声，紧逼过来，锁链哗啦一响把这株芦苇罩住。哪知道，芦苇的根居然四通八达，强生顺着芦苇根开始狂奔，七拐八拐，躲过黑白无常追逐。

此后，阎王几次派人去勾强生魂魄，都被他躲在芦苇根中逃脱。阎王暴怒，在勾魂簿中勾去强生名字，让他在六道之中漂浮，无所凭依。

随着日出日落，强生的意识开始飘散，有时好不容易聚拢起来的意识，被一阵风打散了。强生知道，自己早晚会变成天地间的一粒尘埃，他不能等到小红回来了。他仰望天空，看着渤海上空不断翻飞填海的精卫，他想自己也会变成像精卫一样的无意识种群。他凝聚起最后的意识，把精魄注入渔雁芦中。

第二年，嫣红的翅碱蓬营阵中，长出一簇簇修长伟岸的渔雁芦，红滩绿苇相映成趣。这渔雁芦专门追逐忘情草而长，为它遮挡寒潮雾霭、风雨雷电，遇到天灾人祸、危险紧要时刻，渔雁芦总是首当其冲，即使失去生命，也把保护的姿势留在风中。忘情草有时调皮地躲避渔雁芦，与碱滩、河脉自成风景，渔雁芦也会生气，整体撤出红滩，但不走远，只是静静地护卫、脉脉地相守。

有人说，小红就是红袖的化身，就如翅碱蓬一样生生不息地守着这片滩涂；强生就是那吹笛子的书生，与红袖不离不弃，最后化身绿苇，与红滩日夜相守；任可愉就是那忠诚的侍卫，他的血与红袖的血融在一起，让红海滩红得更富生命魅力，让忘情草的爱情更富传奇。因为有了任可愉的血，忘情草有时会开个小差，躲避渔雁芦，渔雁芦远远守卫忘情草，如吵架拌嘴的小夫妻那样有趣味。三个人的魂魄日夜守卫着他们足下的生命之滩。听老人讲，到游人如织的季节，有缘人还能在人群中寻到他们的影子呢。

很多人不相信这个传说，但笔者一直相信万物有灵。就像天地混沌之初，辽泽大地为什么会有红滩绿苇，而不是别的什么生物。这美丽了上亿年的植物，为一切生物提供食物链的最底端供养，是辽泽生命的底色。可人们只记得饥饿年月的红草馍馍、生病熬的芦根水、防寒用的苇草毡子、捉鱼用的芦苇篓子、取暖煮饭用的苇柴等等，比起红滩绿苇上亿年的营养输供，不论是忘情草还是渔雁芦，都当得起人们如神祇般的敬供。

# 宝藏故事

在辽泽，听得最多的是湿地精怪和宝藏的故事，而宝藏和精怪的故事总是捆绑在一起，有宝藏就有精怪，而且宝藏往往藏在不为人知的辽泽大地深处，其本身就颇具神奇的味道。

辽泽宝藏不同于其他地区的宝藏有迹可循，如祖上传承、历史记载、墓地群落等，辽泽宝藏没有这些蛛丝马迹，具有偶发性、传奇性、独特性、隐蔽性。平常很难发现端倪，故事的一般桥段都是南方异人发现宝贝，然后反复费心博取，终不得手，宝藏被埋藏在辽泽地底下。

辽泽宝藏有如下几个特点：一般深埋地下，地表与平常地界无异，靠寻宝人智慧和眼力来发现；要打开宝藏一般得有诀窍和法门；辽泽宝藏一般为独有、可持续，即宝藏独一无二，可生产更多宝藏；辽泽宝藏为色泽金灿灿的奇珍异宝；辽泽宝藏一般为南方人发现、追逐，破坏，然后没被挖走，最后深埋在辽泽地下。我不知道辽泽地下活跃着多少宝贝，像金牛、金鸡、金马驹、聚宝盆、摇钱树等，但我深信辽泽有宝藏，就埋在广袤的辽泽大地下。

## 一

很久以前，辽东湾海边的一片漫洼荒滩地，长着翅碱蓬和芦苇，随着海水冲刷起起落落，一个南方人看出地下全是宝贝，这宝贝怎么能得到呢？其间一个法门，即非得找一个名叫钥匙的小孩，地锁才能打开。为了找到这个叫钥匙的孩子，南方人扮作货郎，挑担来到海边，一边卖货，一边打听，碰到小孩就问："小哥哥，小妹妹，你们里边谁叫钥匙呀！"见了老人也打听："大奶呀，大爷呀，你们的孙女、孙子有没有叫钥匙的呀?"打听来，打听去，转过来，转过去，也没有找到叫钥匙的孩子。

这时，正有一只家眷船刚刚从海上收船靠岸，南方人赶忙又赶到船上，一拉话，才知道船家有个孩子就叫钥匙。各位看官请看，故事到此出现转折，南方人一番辛苦终于没有白费。

欣喜异常的南方人坐下来和船家把开地锁的事一五一十地细说一遍，要求船主把孩子借给他使一宿。船主一想，不认不识的，孩子怎么舍得借给他呢，说啥也不借。

南方人苦苦哀求说："船主大嫂大哥放心，开开地锁，得到宝物绝不会亏了你家呀。"

船主经南方人一说，前思思，后想想，心思也就活了，说："借孩子可以，孩子他妈得跟着一道去。"辽泽宝藏故事一般都在这里埋下伏笔，这个孩子妈会让故事峰回路转。

南方人想了想说："行。"于是，故事开始撇开平淡往下走，进入高潮桥段。

天黑的时候，南方人和船主大嫂抱着孩子下船向漫洼地走去，没走多远，就来到开地锁的地方。南方人把孩子放在地上，让他伸手一划拉，嘎巴一声，地锁一开，地门也开了。南方人进去了，船主大嫂一看地门开了，里面金光耀眼，也顾不得看孩子了，也挤进去了，一看，全是宝贝，一扭脸看见一个小筐里，装着小梨小枣。咳！抓两把随手放进兜里，出去好哄孩子。正要再往里进，只见那个南方人正赶着一头金牛往外走，一抬头，看见船主大嫂也进来了，忙说："啊！大嫂呀，快快出去看孩子呀，我赶牛，牛走得慢，你得看孩子呀，孩子要是一挪窝，地锁就锁上，咱俩就被锁在地下啦。"南方人一说，船主大嫂也害怕了，赶忙跑出来看孩子。哪知她刚一出地门，孩子见着妈妈，站起来，一头扎进妈妈怀里，只听轰的一声地锁锁上，地门关死啦。那赶牛的南方人和金牛还留在辽泽地下。船主大嫂放进兜里的小梨小枣却是金子。

辽泽宝藏故事有着很多相类似的桥段。比如在打开宝藏的法门上，一个与当地人迥异的外乡人，非得寻找一个什么东西，当地人总能识破这个计谋，一番斗智斗勇之后，宝藏没被取走，而被深埋地下。

## 二

老早以前，辽河口有一个聚宝盆，被南方识宝人看出来了。识宝人心里明白，要想得到这宝盆，非得用一把使过一百年的老笊篱。看官请看，这时诀窍和法门发生变化，变成老笊篱了。

于是向下发展，识宝人整天在二界沟和附近渔村里喊着买老笊篱。此处添加故事作料，即识宝人鞋都磨破了，嗓子喊肿了，也没买着。

故事再次峰回路转。有一天，一个小孩子拿着一个破笊篱，识宝人一看，正是他要找的笊篱。于是，找到孩子的大人，孩子的大人是个船家。识宝人说是要买破笊篱。

孩子大人很精灵，猜想笊篱准是有大用场。为此，对识宝人说："笊篱不卖，你要有用场，可算一股。"

识宝人无奈，也只好应下啦。

数好某天某日，船家和识宝人撑船到沟口去捞聚宝盆，很快到地方了。识宝人对船主说："我拿着笊篱捞，你撑船看着，啥话也不要说呀!"

船家点点头，表示记下了。

只见识宝人趴在船帮上，把着笊篱，左捞、右捞、前捞、后捞，海水被捞得哗哗响，脸上直流汗，累得呼呼喘，好不容易捞着了，识宝人正在慢慢地用笊篱把聚宝盆捞出水面的节骨眼上，海面涌起一片浪头，向船扑来。船家撑船看得清楚，心想，可遭了，浪头一打船，船身一晃，那好不容易捞着的聚宝盆就要掉到海里了，眼瞅到手的宝物可就丢了，一着急，把识宝人嘱咐的话忘到脑后了。忙说："快捞哇，浪头!"

话音刚一落，呼的一下，聚宝盆不见了。识宝人像霜打一样，自言自语："唉，操之过急，宝物丢了!"

这样的故事不胜枚举，多得像辽河口的浪花。我想是不是我们闯关东的先人们在关里生活无着，想象辽东湾广袤的大地遍地有宝藏，创作这样的故事来安慰自己，让自己深信辽泽大地遍地宝藏。后来的宝藏故事还和当地的地域文化有效融合，让后人更相信辽泽有宝贝。

## 三

听上年纪的老人讲，早年间田家这个地方有一窝金鸡，而且还有不少人见过。据老人们说：在每年八月十五的前三天，卯时左右会有一只红色羽毛、异常美丽漂亮的老母鸡领着十二只金黄色的小鸡，准时出现在田家镇大高家村马家屯的高粱地里。小鸡金黄色的羽毛宛若黄金一般，特别讨人喜欢。但是，无论人们用什么方法，就是无法靠近它们，更甭想抓到它们了。至于是谁家的鸡，人们都说不清楚。偶尔雨后或大雾天，天不亮的时候，也常常能听到几声大鸡小鸡的啼叫声，寻找时不知所踪。久而久之，人们一传十，十传百，疯传田家有一窝宝贝金鸡。

田家有宝贝的消息，传入了南方人的耳朵里。南方自古多奇人术士，当他们得知此消息后，便蜂拥而至，一时间，田家除了本地的财迷外，又挤进了十几个前来寻宝的异乡人。这些人以田家为中心，以十里地为直径，围成一个圈，插上七色彩旗，撒下朱砂，念动咒语施展法术，一步步向中心围拢而来。经过几日，包围圈越缩越小，仅剩下田家镇内中心直径不足五百米的地面。此时，就见圈内紫气升腾，金光闪闪，鸡鸣声四起。朦胧中，只见一只橘红色的母金鸡领着一群小金鸡叽叽喳喳地在圈内徘徊。

南方人见状，惊喜万分。由于受南方人施展的法术阻拦，母金鸡试图带着小鸡闯出去，可是无论怎么闯，也出不了这个怪圈，此时包围圈缩得更小了，每个寻宝的人眼睛里都已婪光喷射，迫不及待了，他们随时准备以饿虎扑食的姿势扑向金鸡。

情急之下，母金鸡用双爪在地面上刨出三个圆坑，展开翅膀将小鸡置于地下，再挥展双翅。一时间，圈内狂风骤起，飞沙走石，天昏地暗，寻宝人未做提防，你撞我，我撞你，各个撞得鼻青脸肿，头破血流。趁这些人难于施展法术之机，母金鸡腾空飞起，一直向北飞去，飞到一处古代烽火台上。此烽火台由于年代久远，缺少修缮，致使基础局部塌陷，呈现窟窿状，因此，被人们称为“窟窿台”，后因窟窿台名称不雅而改为兴隆台（兴隆台原为田家镇兴隆村，现兴隆台遗址经修缮被列为市级文物保护单位）。

再说寻宝人眼见要到手的宝贝就这样飞走了，岂肯善罢甘休，因而齐声呼喊，穷追不舍，母金鸡为了保住小鸡不遭劫难，故意置身险境引开这帮恶徒。鸡没有远距离飞翔的本领，能从田家飞到烽火台，已是超越极限。此时，金鸡筋疲力尽，后面的人越追越近了，情急之下金鸡只好选择烽火台的窟窿钻了进去。烽火台在古时用发狼烟的方式传递边关战事，狼粪燃烧后使烽火台上下周围形成了毒气带，寻宝人追到烽火台边，在这种地方施展法术，怎么也不灵了，而且还把自己弄得元气大伤，再也无力寻宝，无获而归。

前几天，来到兴隆台遗址，想到那窝幸免于难的金鸡，进而想到辽泽地下那金牛、聚宝盆、金马驹，还有百宝囊、煮海神器等宝藏。这些宝藏深埋地下，等待有缘人发掘使用。有人说，辽泽大地遍地是宝，携河海便利，物产丰富，辽泽人用自己独有的方式讲述宝藏故事，如今更用自己独有的方式创造财富，把辽泽宝藏故事讲成现实版。

# 不仅仅是一座寺庙

顺着辽河迤逦而行，在近入海口处，小村驾掌寺如一叶扁舟，宁静地矗立在辽河岸边，伴着日出日落苏醒与入眠。

我出生在这座小村子，自小就知道驾掌寺，可却无缘见到它的全貌，因为自我出生起，这寺庙就毁于“文革”，只剩残垣断壁了。当地人路过此地都要避开，只有年少无知的我和伙伴们在这块空地上玩闹戏耍。那时，寺庙在一个孩子心里没有一点概念。后来，随着年岁的增长，逐渐感知了这寺庙的存在，它早在不声不响中，深入乡民的骨髓，成为当地文化象征。驾掌寺不仅仅是一座寺庙，用比较诗意的话表述，这座曾经存在了三百多年的寺庙如投入百姓心湖的石子，引发无穷荡漾的心波。

## 一

驾掌寺始建于一六四四年，据说鼎盛时期占地三十余亩，终日香火缭绕，晨钟暮鼓。寺内植松柏，院外柳成行，是典型的北方寺庙建筑。虽经几毁几建，始终没离原址。

据说，明末清初的一个秋天，一场暴雨连降七天七夜，河水漫溢，房屋倒塌，一片汪洋。灾民流离失所，衣食无着，乃至饿殍遍地。一位须发皆白的船老大偕子驾舟，循声救人。将灾民运至河沿唯一一处高坡。把这船人安置登陆，又驶向茫茫天外。从清晨划到深夜，又从深夜划到清晨，一连三日，当他把最后一个人救上岸时，自己竟累死在船头。水退之后，幸存者感其恩德，在高坡上为其立庙，名为驾掌寺。驾掌，时人对艄公之美誉。众人结庐住在庙宇周围，晨昏祭拜，并相约效法老驾掌，终生行善，安贫度日。几代生息，逐渐在河边形成百十户人家的驾掌寺村。据说，当地人秉持老驾掌急公好义的善行义举，日子过得平静安稳。那时，小村周边地广人稀，只要没有水患，日子总是过得去的。

然日月更替，岁月流转，渐渐官匪横行，杂税苛捐压得村民直不起腰。特别是村民感觉虽有老驾掌的时时庇佑，当地仍不时发水，民不聊生。村人逐渐觉得仅靠老驾掌庇佑力度不够大，遂逐渐把水神妈祖、送子观音、眼光娘娘、药师佛等各路神佛请进寺中，满足人们不断增长的需求。我一直觉得当地人的信仰比较奇怪，他们需要什么就信奉什么，现实到连信神佛都很功利的地步，有“现上轿现扎耳朵眼儿”的嫌疑。往往都是需要了才去求神，而且深信神佛会帮助善良穷苦的自己。这也和当地人来自四面八方，带着不同的信仰和习俗有关。几百年，几十代人，来自不同地方，经过在一起共同的生活实践，磨合传承，形成这种具有移民性质的宗教特质。当地人信奉眼见为实，不愿意相信十年磨一剑辛苦经营，愿意看到现世报和立地成佛，不愿意相信遥远和虚无的信仰。当地人信奉神狐鬼怪、各路神仙，或许与他们的祖先闯关东有关。彼时，天高路远，人迹罕至，开拓者与当地人一起开疆拓土，都有着神奇的这样那样的脱困经历，这很容易让人想到神鬼相助和现世回报。到后来，驾掌寺已经不是当初单纯祭祀那救苦救难的老驾掌，而是诸路神佛保驾护航的大寺庙。村人信奉良善，也播种良善，但往往在面对困难的时候，不是自主争取，而是愿意祈求天官赐福。

驾掌寺经当地人不断注入新内涵、新元素，得以扩大外延，生机勃勃。其间，驾掌寺为当地人排忧解难，祈福消灾，也见证了各种王旗下人们的悲欢离合。它始终悲悯地注视着，细心地倾听着，与当地人一路同行。据村里老人介绍，驾掌寺鼎盛时占地三十余亩，是一座前后三层大殿，左右偏殿齐全，各路神仙护法齐备的天后宫。关外商旅、船家路过此地，身孤好事，频来上香布施，驾掌寺盛名远播，香火日胜。

## 二

驾掌寺从产生、发展、鼎盛到衰落，乃至最后被毁，历时三百多年。在漫漫时间长河里，见证鱼虾与河蟹长驻，锄镰与网具共存的地域生活景象；宽容乡民简约、鄙陋的粗浅供奉；吸纳乡民多元化的神佛理念。三百年间，两者相互砥砺、相互依存、彼此见证、共同发展，逐渐成为内化于乡民心中的显著文化象征。

当年庙会的嬉闹，初一、十五的进香盛况是空前的。那时的庙会几乎是十里八村最大的集市，买卖络绎，人群集聚，更有唱戏耍把戏的层出不穷，让劳累的穷苦人有了暂时的欢笑。我的爷爷曾在这个庙会上采买过农具；奶奶曾多次到寺里进香还愿并难得地买些日用品回去。我的父亲每年一定要去庙会的，因为他要在庙会上找到我的二爷爷，能混上一点好的吃食。父亲不止一次和我讲庙会的热闹景况，说二爷爷一定出现在庙会上，给父亲最大的喜悦感受。八十多岁的父亲，反复唠叨当年得到好吃食的满足，仿佛庙会并不久远，就发生在昨天。如今，梵音渺渺，钟声已远，如今驾掌寺只是投射在人们内心的文化符号，一个地理意义的名词罢了。

前几日，独自驾车返回故乡，站在驾掌寺的原址上，寻找那个湮灭的背影，聆听那渐行渐远的钟声，探寻那三百多年的岁月踪迹。然而，细细寻访，仔细聆听，除了小村宁静安逸的姿容，一点痕迹都没有寻到。与之毗邻的驾掌寺新民小学传来书声琅琅，让我恍然回到孩童时代。我当年就在这所村小学读书，也就是张学良将军德惠乡里投资修建的新民小学。我读书时新民小学已是一片破败景象，比起不远的农场中心校来说，要逊色很多。老师讲学校历史和校训，我们一点听不进去，思绪早飞到那处破败的驾掌寺废墟，捡到不管砖头还是瓦片，都撒欢儿似的玩，完全不知道脚下踩的是三百多年的文明古迹。当时以为只要跑出校门，哪儿都比新民小学好。

后来听说，驾掌寺是逐步被毁的，先是失去了僧侣，然后是经书内饰，最后才是围墙庙宇。所幸总有些残垣断片成为孩子新的乐园，可惜这乐园持续的时间不长，一是家长打骂，怕来此地冲撞了神灵；二是此地挪作他用，建起了新的建筑，孩子们兴趣就跟着转移到别处了。

驾掌寺给了乡民三百年的希望和寄托，聆听了三百年的秘密款曲与勾心斗角。亲历多少繁华希冀和血雨腥风，见证了几多潮涨潮落与旌旗易帜。其间，善良与诡异并行，阴谋与义气相伴。“混穷”的布衣百姓、发迹的军政名流、外来的商旅船家混杂在一起，在神像面前发着各自的心愿。

三百年间，辽河岸边旗帜几度变换，百姓跟着水里火里地变化着。在驾掌寺的庇佑下，此地虽没产生多少名儒巨卿，但草莽英雄、抗日义勇军高举义旗，保家卫国，涌现出张海天、蔡宝山、盖中华等绿林豪杰，也有张作霖，王铁汉，鲍贵卿、鲍毓麟叔侄，阚朝玺、阚朝俊兄弟等军政要员。这些叠加起来，也算没有秦砖汉瓦的盐碱地对祖国的倾心朝奉了。

## 三

我小时候，第一次到驾掌寺原址去玩，回去竟发起了高烧。奶奶认为我冲撞了神灵，遂拿出一块木板，板上写着神灵的名字，对着牌位焚香磕头。不知奶奶诚心感动神灵，还是治疗得当，反正我很快痊愈。从此不敢去那地方玩了，不论伙伴们怎么叫都不再去啦，不关乎父母殷殷告诫，而是无论何时走过那里，都觉得阴风阵阵，心头发凉。后来，我在许多人家里看到这样的牌位。起初并不以为意，长大后逐渐领会，原来住在人们心里的驾掌寺被深深敬畏它的乡民搬进了家里。

奶奶信奉神灵，更信奉驾掌寺，后来称天圣宫，也就是老百姓俗称的娘娘庙里供奉的神灵。奶奶也不止一次对我讲，驾掌寺“灾难祈祷辄应”的种种神通。据说，有一年发大水，驾掌寺一片汪洋，庄稼颗粒无收。我家老房子泡在水里，摇摇欲坠，岌岌可危，全家经济困苦，无力逃难，眼看要困死当地。奶奶去庙里求神佛保佑。当时水已经淹过神像的脚，奶奶就在水里给神像磕头，说出自己心中诉求。当晚，奶奶梦到神灵托梦给她，让奶奶放心，明天水就会下去。果然，天亮之后，水位开始逐渐下降。十天之后，大水完全退去，老百姓得以活命。

据奶奶说，张作霖青少年时期在驾掌寺一带混穷，当地留下他很多形迹与传说。张作霖母亲王氏是信神敬神的人，但凡有一点余力，都要献于诸神，她曾多次在驾掌寺神像前许下各种心愿，并竭尽全力进香还愿。据说张作霖身经百战，多有杀戮，每次都死里逃生，全赖驾掌寺里各路神佛庇佑。张作霖发迹后重修娘娘庙（驾掌寺），更是积下大功德，后世才出了千古功臣张学良。奶奶的话纯属民间之言，却也反映出乡民心声。后来查资料，张作霖确实曾斥巨资重修驾掌寺。据于在澡所撰《重修驾掌寺娘娘庙记》记载："昭阳大渊献之岁（即癸亥年，1923年），我东三省巡阅使张公（即张作霖），以驾掌寺者故乡三百年香火院也，灵感屡昭，雨旸时若，特予捐金重修。"为铭记张作霖捐金重修娘娘庙之举，于在澡受众人之请，撰《东三省巡阅使张雨亭德惠碑记》之篇，称赞张作霖："然则我巡阅使爱护桑梓，迭沛恩膏，屡布德意，不一而足，宁止布施金钱，庄严法相，作大功德，为民祈福已耶！"

驾掌寺虽然在形式上不在了，可驾掌寺里供奉的神佛依然供奉在老百姓的心头。在庙宇里和不在庙宇里的神佛，成为乡民心中播种良善，匡扶正义的化身，点亮乡民心中的明灯，让人们在乱世里重拾生的信心，盛世里给人永生的希望。

老驾掌急人所难的凛然大义永存世间。驾掌寺周遭三百年间，没出大奸大恶之徒，没有大灾大难。驾掌寺与其说是神佛庙，不如说是现代版的"好人榜"，寄托乡民播种良善，传承文明的美好心愿，把这些美好心愿汇集起来，变成一座道德的丰碑。

驾掌寺由固化的神祇过渡成乡民心湖的一汪乡愁，从驾掌寺的湮灭，想到乡愁的凋零，记忆的散失，不禁引发深深的惆怅。驾掌寺见证了一代代乡民曾经再熟悉不过的传统生活图景，曾经的乡民怎样与天地相处、与自然相处、与彼此相处，如今随着驾掌寺的消失，如投进心湖里的石子，除了微波荡漾，再也不见一点痕迹。

我站在村口，面对存在三百多年，仅用三天就被连根拔除的驾掌寺原址，发出一声豁然长啸，是追念，是留恋，也是警醒。

# 黄龙玉记

在一次采风中，不期然与传说中的黄龙玉碰个正着，遂作黄龙玉记。

前街蒋老阚上大学的儿子蒋南科考公务员，笔试入了围。这本来是件喜事，可蒋老阚却做下一块心病。

孩子考公务员就如同古代的科举，考上了，那是金榜题名，这对于世代务农的蒋老阚一家来说，那是多荣耀的事呀。可虽然孩子笔试入围，但面试得靠人运作呀，农家孩子和那些为官做宰、有钱有势的人去竞争，准得被拿下来呀。蒋南科本身就读的是一个二批本科，不是名校，这胎里条件就一般，更没有抢眼的地方，像什么突出的才艺什么的，也没有。随着面试临近，村里都沸腾了，这小道消息一个跟着一个。有的说录用人员早就内定了，有的说某某岗位定向招生的某某等，这些消息就像一个个冒着浓烟的爆竹，在蒋老阚耳边一个个炸响，轰得蒋老阚连北都找不到了。

蒋南科看家里乱得不行，就坚持到县城说报名参加面试培训班，借此离开家，躲了清净，把一股脑儿的乱留给了蒋老阚。

这次机会要错过了，下次还不见得能入围，这回可是好不容易才入围的，如果再泡汤了，这可咋办？蒋老阚把近几代的亲戚朋友，八竿子打得到的，打不到的，能想到的人统统搬出来过一遍筛子，没有用，都派不上用场啊。眼看面试日子临近啦，把个蒋老阚愁得，吃不下饭，腮帮子都肿得老高。

老伴蔡氏看蒋老阚着急，也跟着干着急。她一个妇道人家，平日里以孩子和丈夫为天，更没个计较的。老两口年过四十才有蒋南科这一个宝贝，那可是心头肉哇，整日娇生惯养的，那蒋南科虽出身农家，却也是细皮白肉，两手不沾泥的大学生一个呀。这样的宝贝儿子怎能让他出去打工受屈呢？万般无奈，蔡氏决定到镇上娘娘庙去找胡老太太求一求，看有没有转圜的余地。

老阚一听就火了，骂道，败家老娘们净添乱，求那有个啥用？

蔡氏慢条斯理地说，没用，解解心疑也好。

蒋老阚没再吱声，除此之外，他也是一点办法也没有。

吃过午饭，蔡氏提着篮子奔娘娘庙来了。这娘娘庙存在三百多年了，是观音菩萨的道场，因为当地百姓所求甚多，有的诉求不归观音菩萨管，当地人变通一下，把这里统称娘娘庙。娘娘庙始建于清康熙年间，断断续续经过重修翻建，已经不复当初规模。只有窄窄两层院落，庙里主位供奉着送子娘娘、眼光娘娘，据当地人说，这两位娘娘就是观音菩萨在凡间的化身。

蔡氏恭恭敬敬走进来，摆上贡品，点着香火，对着娘娘神像说出求孩子考公务员的烦心事。旁边居士兼住持胡老太太建议蔡氏到偏殿求个签。蔡氏赶紧磕了头，退出来，去偏殿求签。

蔡氏虔诚祷告，摇晃签筒，一支竹签应声落地。蔡氏捡起来，心里一凉，仅仅是个中签。蔡氏不敢耽搁，赶紧进正殿请示，胡老太太接过签一看，是个中签，上书“木为一虎在当门，须是有威不害人；分明说是无妨事，忧恼迟疑恐惧心”。当即解释说，本签为木虎虚惊之相。凡百事宜守，方吉安。即是木虎自不必畏惧，但己身如同入大江心，岌岌可危。换言之，炉头点雪耳边过风可宜作福，此签前凶后吉也。蔡氏听得稀里糊涂的，再次把求救的眼光看向胡老太。胡老太黑黢黢脸上没有表情，五官和皱纹局促在一起，像个干瘪的核桃，没牙的嘴唇凹陷，闭不严实，像个黑洞洞的枪口。胡老太忽然睁眼，发出嗤嗤怪笑：“你家就有宝，可保他成事，何必求菩萨？”言毕，再不发一言。

回来路上，下点小雪，路很滑，蔡氏却走得虎虎生风。怀里揣着胡老太太解签真言，就捧着了希望。这胡老太太的话虽没全听懂，但她怎知蒋家有宝呢，不怪说人家是神仙呢。这些天，蔡氏首次觉着儿子的事有希望。这样一想，更觉得胸口发热，像抱着一轮红彤彤刚升起的太阳。

胡老太太说对了，蒋老阚家真有宝。大家说蒋老阚穷成这样，哪儿来的宝呢，这宝来得奇异，也可以叫机缘巧合。

说那一九六〇年冬天，旧历庚子年，乃大饥之年。蒋老阚那时还不叫蒋老阚，叫作蒋学阚，当地人把“学”读成“小”，称“蒋小阚”，以后随年龄增长，人们觉得不能叫“小阚”啦，就都叫蒋老阚了。蒋学阚当时还是响叮当的棒小伙子，可棒小伙子苦干一年，也挡不住天灾呀，家早已断了顿，靠着米糠裹着白菜度日，一家人饿得眼冒金星。

那日，蒋老阚出门捡柴，刚一出门，见一个人栽倒在地，浑身都冰凉了，蒋老阚以为冻死了，摸摸胸口微微有点余温。都是可怜人哪，蒋老阚感叹一声，回身招呼蔡氏把他背进屋里。扒下他的裹身衣裤，放置在热炕头。好半天，这人长悠悠吐出一口气来。瘦的皮包着骨，两眼无神，一看就是饿得只剩一口气了。蒋老阚嘱咐蔡氏掏出炕席底下最后一把米，熬成稀粥，给这人灌了下去。

等这人恢复了一些力气，眉眼看清楚了，是一个骨瘦如柴的中年人。这人只说姓张，叫张元兴，在北边农场干活，快过年了，想回家，结果饿昏在半路。问他家住哪里，他只是流眼泪，闭目不答。蒋老阚知道他没全说实话，那年月知道的越少越好。张元兴身体恢复些，急着要走，蒋老阚不忍心看他就这样上路再冻饿而死，咋地也是一条命啊，于是，咬咬牙，把仅有的几个菜糠饼子和一件老棉袄拿给他。

临行时，张元兴掏出一坨黄泥一样的东西，掂在手里，爱惜万分地说，弟弟，弟妹，这是一块黄龙玉，我家祖上传下来的。据说是上古时期麒麟身上鳞片，能通灵，你们千万要守护好，这是我家传家宝，今天拿出来送你们，以报你全家救命之恩。

蒋老阚见只是一块普通的黄泥，没相信它会是什么宝，就回说，张大哥，既是你家的传家宝，你还是自己留着吧。

张元兴说，蒋老弟，你不要瞧不起这玉，这灵异之物不是凡人识得的。我出身考古世家，这黄龙玉是上古传下来的，必有灵异。刚刚我要离开时，这玉在我怀里震动有声，日后，你家必出有缘人。谁出生时这玉现出霞光，这人必大富大贵。

蒋老阚一个激动把仅有的一点吃的给了姓张的，换回一块黄泥，他也没信这个黄龙玉的传说，就随便放置在柜子里。

第二天，农场开大会，说跑了反革命，问有没有看到过的。蒋老阚没把心吓掉了，哎呀，那个细眉细眼的文弱人居然是个反革命，据说出身反革命世家，他父亲是进出过中南海的大人物。蒋老阚只顾害怕了，什么也没敢说。

开会回来，家里一口吃的也没有，总得出去借点米糠，可哪一家有吃的呢？蒋老阚提着空口袋，转了一圈，也没找到合适的人家求借，这年头，谁还会有余粮？不知不觉转到山上，饥饿和寒冷几乎把他击倒，他真想就这样睡过去，就直接奔了天堂。

想必天堂也人满为患，到处是饥民吧。他靠在树上，为自己的不切实际苦笑。到了天堂哪还用吃东西呀，想到这些他用力拍拍这棵树。这一拍，惊动树上一对松鼠，惊慌逃窜。哎呀，蒋老阚头脑灵光一闪，想起来了，都说松鼠惯于储藏过冬的粮食。想到这，蒋老阚立即充满了力量。他振作精神，努力地向树上爬去。爬上一看，嗬，货还真不少，有粮食、干果，足足有小半口袋。蒋老阚高兴得腿都哆嗦，救命的松鼠哇！他没有都取走，好歹给松鼠留了一些。

回去路上，蒋老阚心里默念，松鼠，你救了我一家的命啊！等丰年，我一定回报你。那年，一家人靠着这个松鼠洞才活过那个冬天。

如今胡老太太提到这宝，蒋老阚和蔡氏来了精神，两个人翻箱倒柜一顿好找，总算找到那黄泥。左看右看还是一块黄泥。这黄泥看来有哪儿不同呢？蔡氏对蒋老阚说："咱一直无子，等到四十多岁之后，才有了南科。那张元兴咋说的，说咱家必出有缘之人，或许就是南科呢。我记得南科出生时，我确实见到一道光亮，然后就昏过去了，可能就是这黄龙玉放霞光。"

"真的吗，你咋没早说？"蒋老阚瞪大眼睛。

"我当时昏迷，眼前一亮还以为是眼冒金星，所以没敢提。"蔡氏也不十分确定。

两人再看手里的黄龙玉，咋看咋就不一般了，和普通的石头、黄泥都不同。握在手里，那样温润有力，好像合着脉搏和体温跟人一起呼吸一样。两人就这样一直紧握着、紧握着。

到了面试那天，两人都没出门，把黄龙玉摆在供桌上，然后焚香磕头，在心里默默祝祷。

等蒋南科从考场回来，两人不约而同走上前，问考得怎么样。蒋南科回答说，头脑清晰，正常发挥。蒋南科还说，一上考场，以前盘旋在脑子里的负担统统扔在脑后了，嘴皮子从没那么溜的，平时想不起来的词都串联起来了。总体说来是非常顺利。

老两口对视一眼，暗暗思量，黄龙玉果然灵验非常啊，感谢苍天！

面试成绩出来，加上笔试成绩，蒋南科稳稳占住第一名。

光宗耀祖哇，光宗耀祖啦！蒋老阚高兴得手舞足蹈，摆了三天宴席。

等宴席结束，新录用的公务员也上岗培训了。等培训结束，蒋南科成绩虽然最好，却没分到镇里，分配到最边缘的东沟村。虽然分配不太理想，蒋老阚还是觉得充满希望。

东沟村位于镇最西边，后面就是一望无际的芦苇荡。村子很小，五六十户人家，因为偏远，经济落后，交通闭塞，是全镇的贫困村。村委会班子五人，平日不慌不忙，工作比较轻松。蒋南科来了以后，五个人就更轻松啦，收收发发，应付各种检查评比，写稿子，做材料等琐事都分配给他。这一下，让满怀救世济人理想的蒋南科蒙了。

想自己从小立志改变社会，才考做公务员，如今做着烦琐的小事，而且被指使来指使去的，连周边人看他的眼光都是鄙夷的。这让他觉得看不见一点光明，内心不免充满委屈。内心有了委屈，看事看人不再公平公正，他会专看周围一些小人物猥琐，贪婪自私，对上谦恭，对下欺瞒跋扈，蒋南科觉得自己理想轰然倒地，日子看不到一点希望。

蒋南科在大学处的女友兰溪因为长期不见面，感情日淡。好不容易等到情人节约会见面，蒋南科因为赶材料，没买到玫瑰。又因交通不便利，没赶上公共汽车，自己急忙骑自行车赶过去，黑天瞎火地还摔了一跤。等他两手空空，满腿泥点子，一副凄惨相赶到约会地时，女友二话没说，直接与他分手了。

相处四年的女友，多少次花前月下，耳鬓厮磨，到现在挥手决绝而去，蒋南科心像被摘走一样。他把这一切归咎于东沟村的工作环境，那里不但连青狐镇都赶不上，最惨的是娱乐没有，连网络都没接上，这样的苦日子是没希望的。加之以前堆积起无穷的烦恼，让他对工作产生厌倦和绝望，第一次，他有了辞职的打算。

他知道父母不会允许自己辞职。参加工作以来，不但没光宗耀祖，反而把工资都搭进村里去，每次为村里办事，都是自己搭钱，到现在都没地儿报销。饶是这样还没个好，所有烦琐的活儿都扔给他，谁都指使他，命令他，他就是一个可有可无的打杂的。

蒋南科心里实在憋屈，索性和村里请了假，出来看看同学朋友，散散心，也找找别的门路。

他先到县里看看做秘书的王大志。迈进县政府大楼，感到整洁肃穆的氛围，进出的干部，轻手轻脚，彬彬有礼。仅半年不见，王大志已脱胎换骨成称职的机关干部，文雅而又不失稳重。见面寒暄握手，进退有度。看来人家是天天向上，看来自己是王小二过年哪。因为还有工作，王大志要他回宿舍等他，下班后约几个同学，好好聚聚。

蒋南科从县政府出来，直接奔了经贸局，找另一个同学郑自强。郑自强一看到蒋南科，兴奋地大叫，你小子，从天上掉下来的吗？亲亲热热地寒暄，并请假陪蒋南科出来坐坐。问起蒋南科的情况，不知为什么，蒋南科没说自己窘境，只是说，想他们几个啦，出来看看。蒋南科问兄弟们都咋样，郑自强笑着解释，都混得还不错，大志做秘书，莲蓉做生意，我这饿不死也撑不着。你小子，算你有良心，知道来看看我们。说话间，郑自强打电话预定了饭店，是他们以前常聚的翠花楼，特意叫来莲蓉、大志，还请来自己女友小贝相陪，一个年轻时尚的女孩，和郑自强站在一起，一对藤缠树的组合，让人只羡鸳鸯不羡仙。

“对了，兰溪咋没跟你一起来，我打电话叫她。”郑自强抄起电话。

蒋南科拦住兀自忙碌的郑自强，黯然说：“我们分手啦！”

“因为啥呀，这可太可惜！”

蒋南科苦笑着摇头，再没一句话。

“要不你都瘦了，原来失恋啦，今儿个哥们儿好好陪陪你。”自强说着张罗酒局。

整个酒局，蒋南科就灌自个儿酒了。别人都活得滋润，就自己咋就这么窝囊。大志和莲蓉在说笑，自强和小贝在调情，只有自己是个苦命人。渐渐地，蒋南科发现酒是个好东西，让人在别人的活色生香中实现自我救赎。蒋南科越喝越高兴，直到不省人事。

从县里回来，蒋南科回了一趟家。半年没回来，蒋南科又黑又瘦，面颊塌陷，一双黑眼睛暗淡无光。蔡氏心疼得不得了，做了许多好菜给他补身子，炒鸡蛋，炖鲤鱼，还有他最爱吃的杀猪菜。买了上好的鲜猪肉，切成颤巍巍肉片，配上细细的酸菜、嫩嫩的血肠，香喷喷地炖了一大盆。蒋老阚拿出珍藏好多年的老烧酒，殷切地劝着他多吃多喝。蒋南科看着年过花甲的父母，这样深切地爱着他，而他有啥理由让老人操心？

喝点烧酒，蒋老阚话开始多了，他讲到怀才不遇的张元兴，说他祖上多么荣耀，他自己原本前途多么远大，就因为多说一句话被打成反革命，到现在还不知道是死是活。蒋南科早在地方志上看到张元兴的名字，知道他早已死了，不过他没有讲。

蒋老阚继续讲，他饿得快死了，昏倒在咱家门前，是他蒋老阚救了他一命。

他还讲到黄龙玉的由来，提到黄龙玉，蒋老阚两眼放光，那是上古麒麟身上的鳞片，能通灵的。为佐证自己说法，蒋老阚提出两点证明，一是蒋南科出生时黄龙玉显霞光，这点蔡氏可以现身说法；二是蒋南科考公务员时护考显神威。蒋南科听得不以为然，蒋老阚兀自开心不已。

蒋老阚的话匣子打开了就收不住。蒋南科不时附和一声。两人就这样喝着酒，说着话。喝着喝着，蒋南科就多了，不由得打起了瞌睡。

这次，他居然做了个梦。梦见这个张元兴。当初的张元兴出身世家，学识出众。他一心报效祖国，他坚持真理，敢于提出自己意见。然而，从意气风发，到靠边站的学术权威，再到现行反革命，再被下放劳改，他的人生曲折艰难。他逃跑，差点被冻饿而死，遇到蒋老阚获救。不久再被抓回去，被凌虐致死。蒋南科为他悲剧的一生放声痛哭，蒋老阚看他睡着还不断抽泣，就推醒他继续喝酒。他端起碗来，一饮而尽，那酒碗居然没有凉透。蒋南科感叹，人生就是大梦一场啊。

他想起威斯特敏斯特大教堂地下室的墓碑林，一块名扬世界的无名墓碑："当我年轻的时候，我的想象力从没有受到过限制，我梦想改变这个世界。当我成熟以后，我发现我不能改变这个世界，我将目光缩短了些，决定只改变我的国家。当我进入暮年后，我发现我不能改变我的国家，我的最后愿望仅仅是改变一下我的家庭。但是，这也不可能。当我躺在床上，行将就木时，我突然意识到：如果一开始我仅仅去改变我自己，然后作为一个榜样，我可能改变我的家庭；在家人的帮助和鼓励下，我可能为国家做一些事情。然后谁知道呢？我甚至可能改变这个世界。"

蒋南科这次算明白了，他决定从改变自己入手，把颠倒的人生端正过来。

再回到工作岗位，他面带微笑去工作，不厌其烦，不辞劳苦。周围人再把工作任务推给他，他不再反感。不论谁喊他帮忙，他都面带微笑去做。再喝酒被嘲笑，他也不生气，诚恳地说"我酒量不行，但我和前辈学，在座的都是我的前辈"。大家的目光从善意变为敬重。

几年下来，蒋南科经手的工作和款项都一项一项清清楚楚，没出现一点差错和纰漏，领导和群众都非常认可。随着他个人影响力的不断提升，被镇里评为"十佳"村干部。正赶上镇里换届选举，从年龄和学历和个人表现，被组织确定为副镇长候选人，结果一举当选。

蒋老阚高兴，做梦都能笑醒，他觉得自己是前街乃至镇上最体面的人。他认为一切都来源于这块黄龙玉，于是更加珍爱之。

蒋家黄龙玉的奇事不胫而走，人们争相要一睹麒麟神兽鳞片黄龙玉的真颜。蒋老阚决定四月十八娘娘庙会那一天，把黄龙玉真容示人，并供奉于祖宗牌位前。

四月十七那一日，蒋老阚请出黄龙玉来，怎么看都觉得黄泥一样的外表有点碍观瞻。于是，取点清水来，细细擦拭，谁知越擦拭越不清爽。索性把黄龙玉放在清水中，准备恢复其麒麟外表，再供人们观瞻。

到了四月十八清晨，蒋家院里早早围了一群看玉的人。蒋老阚让蔡氏进里屋请出黄龙玉。只听蔡氏大叫一声，人们不知道出了什么事，赶紧奔进里屋，直奔水盆，往里一看，水盆里一摊黄泥。蒋老阚以为自己眼花了，用手一搅和，黄泥扩展开来，的的确确是黄泥。

蒋老阚大叫一声，我的黄龙玉呀，就昏了过去。

万千宝贝的黄龙玉其实就是一摊黄泥。蒋老阚不堪打击，患上半身不遂，从此缠绵病榻。

有好事者传说，那黄龙玉原本不是一摊黄泥，是蒋家福分不够，黄龙玉自己飞走了。还有人说黄龙玉飞走时，看到蒋家满室霞光。究竟是黄泥，还是黄龙玉？大家莫衷一是。

黄龙玉事件沸沸扬扬一段时间后，逐渐归于沉寂。

蒋南科因工作出众，从乡镇调到县里任职，成为县里中层干部的中流砥柱。而在镇里则流传蒋南科是有着神奇经历的“麒麟儿”。

# 龙脉始末

在很久很久以前，辽泽还是草长莺飞，一片荒凉，多为一米多深的水覆盖，只有少数高出水面的地界称坨子、岗子、堡子。在辽泽下游有一个叫沙岗子的小村。这沙岗子村里仅有几十户人家，每日靠着河海恩泽，辛勤劳作，渔耕混作，勉强度日。然而好景不长，忽一日，沙岗子气温骤变，湿地干裂，渔耕无着，村民十之四五饿死，剩下的几户也朝不保夕。村民走投无路，只好面朝大海叩拜，哀声动天。这哭号声音惊动了一条草龙，它在辽泽修行了五百年，长出一只龙角，再修行五百年，长出第二只龙角就可以飞升成仙。草龙听到哀声，睁开二目，见赤地千里，民不聊生，细观之，原来是一个有道行的泥鳅精在此作怪，堵住辽河水道，吞食当地饥民，造成千里饥荒。

从前的辽泽之地，处于蛮荒状态，杂草丛生，人迹罕至，是精怪修行得道的最佳场所。然而，精怪修行进益缓慢，没个千八百年，难有作为。可修行之路虽艰难，对于精怪来说也是一个难得的上升渠道，仍前赴后继，从者众矣。古辽泽因独特的地理优势，草高苇深，“大野泥浓”，是精怪们难得的修行佳地，因此得到众精怪青睐，于是，这草龙就选择这样一个修行之地。今见这泥鳅精逆天理而为，弄得民不聊生，心生不忍，遂找泥鳅精评理，不许泥鳅精在此作怪。那泥鳅精哪里肯依，几番沟通不下，两怪动起手来。一场争斗，直杀得天昏地暗，云雾翻腾。人们不敢出门，但见云里风里雾里，飞沙走石，腥风血雨。经过十天十夜，草龙拼尽全力，用长出来的一只龙角，杀死泥鳅精，而自己也因过度劳累，龙角脱落，浑身脱节，死在岸边。清澈的泉水从草龙身下流出来，一直流到人们日渐干涸的家园。人们大着胆子走出来，把草龙抬回家，寻一块风水宝地安葬，并建一座龙王庙，早晚祭祀。

忽然有一天，龙王庙和草龙都不见了。人们各处寻找均不见踪迹，有人说："草龙被玉皇大帝接上天了。"也有的人说："草龙又活了，又去为民除害了。"后来有通灵的人透露说，草龙缓过劲来，自己又回到辽泽修行去了。经此一役，草龙修行退化，得长时间休养生息才能生效。

此后，围绕这条草龙，各种神奇的传说不断。据说草龙常年在这里休养生息，逐渐发展下属嫡系，形成相对独立的王国。善良的人们为它增添了子女群臣，还有虾兵蟹将。著名的传说有龙子娶渔女，龙女化身红海滩，王八岗子神龟救命，蛤蜊公主驱毒鳌，虾精战虬龙等。还不时有草龙现身辽河口被记载下来的传说。特别是在明清两朝，本地居民不止一次看见过这条神龙，最著名的一次在大龙湾。说一日晌午，晴空万里，忽然西北天空出现一片黑云，黑云间裹着白云翻滚着向东南方压来，大雨像瓢泼一样从空中洒下来。雨过天晴后，人们发现地上卧着一条黑龙，两丈多长，半闭着眼睛一动不动。赤日炎炎，黑龙鳞片干裂，双目黯淡无光，胆大的村民主动提水浇在黑龙身上。这样守护了三天三夜后，电闪雷鸣，大雨倾盆，黑龙乘风雨而上，飞上云端。云收雨散之后，人们见黑龙蜷卧的地方，从西北到东南弯弯曲曲出现一条大沟，人们把这条大沟起名叫大龙湾。此后大龙湾风调雨顺，五谷丰登。大龙湾这条沟的水是甜的，冬夏不干。后来就有人说，这黑龙就是那条在辽泽修行的草龙，只因练功不得法，走火入魔，堕入凡尘。它提最后一口真气，飞回到它得道成仙的辽泽，寻求帮助。果然，求仁得仁，它得到充分休养生息，然后再次飞升上仙。

辽泽精怪修炼得道，甚至成仙，辽泽人何以得知，原来这里通灵的人很多，草龙现身后，有通灵的人指出，这条甜水沟就是神龙的龙脉所在。于是，四面八方的人都往龙脉聚集。辽泽本为退海滩涂，土碱水咸，可这条甜水沟却经年流着甘甜的泉水，人们围着这龙脉生息繁衍。随着时光流转，人们慢慢找不到这条沟的原脉了。尽管找不到当初的具体位置，但辽泽人深信，有这样一条龙脉在辽泽大地上，有这样一条得道成仙的蛟龙在庇佑这一方水土。辽泽因龙脉传奇，带活了一个产业——阴阳先生，当地人称萨满法师。因为辽泽人都想葬在龙脉上。阴阳先生在辽泽地位颇高，人们都想借助阴阳先生探索龙脉密码。辽泽龙脉成为种在辽泽人心里的福祉，辽泽神龙经过多年传承，已经根深蒂固地活在人们的心里。

时光荏苒，日月如梭，到了明清时期，辽泽地理范围出现大规模变迁。彼时，西辽河平原沼泽湿地不复存在，下辽河平原沼泽与辽河入海口沼泽滩涂逐渐接壤。辽泽整体迁移到辽河口一带。地理变迁，星辰转换，强悍的女真部族飞速崛起，人们随着辽泽地区王旗的起落，走死逃亡。等到一切风平浪静时，人们却发现再也寻不到当初那条龙脉了。从此龙脉成为辽泽人刻在心里的刺青。

晚清年间，有这样一个“草根”，阴错阳差把先人坟墓葬在这条龙脉上，结果有如神助，一路飙升，从赤脚“草根”到民国时举足轻重的大人物。这个人就是东北王张作霖。

驾掌寺（以辽泽一座声名远播的寺庙命名的地界，历时三百多年，本文作者在其散文《河海人家》中有详细记述）有嗜赌成癖的无赖，叫张有财，此人地无一分，宅无片瓦，穷困潦倒，携妻挈子在丈人家附近赁房寄居。张有财终年混迹赌场，号称“张三爷”（因为他家哥儿四个，他排行第三），是个“赌棍”。在赌场上赢就揣起来，输多了就不给，赌徒们背地里都称他为“张三儿”（此地对狼的称呼）。在小马家房屯也有一个“赌棍”叫王太和。有一次，张有财与王太和赌钱，张有财输钱赖账，王太和不肯相让，两人就吵起来，张硬是不给，王感到跟张要不出钱来，有失自己的面子，于就想出个强打硬要的主意。王太和知道张有财回家必经小马家房屯西水沟转弯处，就求其弟王太利做帮手，拿着木棍躲在沟边树丛中，趁张无备蹿出，截路，向他要钱，张有财平时在赌场要硬充横习惯了，没把王家兄弟放在眼里，双方打斗一处，王家兄弟失手打死了张有财。

张有财家徒四壁，三子一女皆没成人，老疙瘩张作霖才十四岁。张有财死后连口薄木棺材都买不起，再加上是被人打闷棍横死的，按当地风俗不能进祖坟地安葬，张家兄弟就将父亲尸身装在一个破柜子里，放在祖坟附近的荒碱滩上，待开春后择地安葬。谁知，汛期提前，大水漫流，张有财的棺材被水冲走，漂流到张家祖坟西北方四五里地的菱角泡洼子。张作霖的同族哥哥张作福发现后，就去张家找人。张作霖两个哥哥不务正业，早不知混在哪里赌钱了，只有张作霖在家。张作福只好与张作霖一同去往回拽，拽到水浅的地方，距祖坟还有半里路左右时，两个人死活拽不动了。两个人累得浑身是汗，用尽办法，也拽不动一丝一毫。无奈之下，两人就用草绳把棺材拴在那里，准备待水落之后，再找地方埋葬。水落之后，张作霖发现柜子已经沉陷进泥土里，就留个盖儿，无论怎么拉拽都难动分毫，张家势单力薄，张作霖两个哥哥又不管事，无奈之下，张作霖只得就地培土堆个坟包，就这样把张有财埋葬在祖坟西北半里远的碱滩上了。

此后二十多年，张作霖赤手空拳打天下，多少次枪林弹雨，多少次急流险滩，张作霖硬是在丛林法则中杀出一条血路，完成从赤裸“草根”到中将师长的逆袭。一日，坐在虎帐中的张作霖偶然心念一动，想起父亲的孤坟在盐碱滩上已多年没有祭扫，祖坟也没祭奠过。于是，携妻带子，荣归故里，要选择新坟地埋葬他父亲和二哥，借机祭奠祖先，并特意从沈阳请来一位很有名望的风水先生给选择新坟茔地。风水先生到张氏故居后，仔细查看了张有财的孤坟，最后对张作霖讲：“先大人的坟地选得太好了，这是失传很久的龙脉，是块宝地呀，您不用再选新坟茔了，没有比这再好的地方了！”张作霖言听计从。

祭祖完毕，张作霖按照风水先生指点，沿龙脉修筑寺庙，祭祀香火，稳定龙脉。此后官运亨通，一直升至海陆军大元帅、安国军总司令。当然，辽泽龙脉只是个民间传说，尽管如此，善良的辽泽人仍认为以张作霖普通百姓出身发展到东北王，无论如何是有些传奇色彩的。

后来，张氏墓园毁于战火，巩固墓园的寺庙也多损毁。龙脉传奇至此再次沉寂下来。

前些日子，在一次地域文化记录采访时，听一位老人讲，当初一座石庙位于这条龙脉的艮位上。据说龙脉周边寺庙，按照八卦位置摆放。这石庙位于龙脉艮位上，位置举足轻重。此话虽然无厘头，我还是决定亲自探访一番。

到达石庙子那天，天有点阴，阳光像隔着一层面纱若有若无地筛下来，懒洋洋地不起劲。不太明媚的云压得很低，几乎挨上石庙子村徽派建筑的屋顶，等你踮起脚去拨弄它的时候，它又顽皮地溜走了，在天上无聊地徜徉着。白墙黛瓦，流水潺潺，街边的花开败了一茬又一茬，旺盛的野菊还在释放着顽强的生命力，颇有些“怒放的生命”的意味。走进村子就像行走在画中一样，线条清晰、浓淡适宜、细节独到，加上阴天的色调，让小村平添了些忧郁气质，这样的石庙子似乎比平日多了些脉脉诗意。

那座石庙当然没有见到，只剩小村的名字——石庙子，还让人知道这里曾有一座颇具神奇色彩的石庙。石庙的旧址变成了稻耕的沃土，在那里我看到认养农业总部基地和各种编号的天南地北的认养人。听村里老人讲，那座石庙已建三百多年，逢年过节村里人一定要去庙里祭祀，据说当时香火旺盛，影响深远。日伪时期，这座石庙毁于日本人之手。不知道日本人为什么与这石庙过不去，是不是听说龙脉的传奇故事，着力进行破坏，已无从考证。抗战胜利后，村里人复建了这座小庙，在这里举办祭祀活动，祈祷平安康健。我父亲年轻时，曾见过这座复建后的小庙，说规模不大，很有些香火人气的。无奈这座命运多舛的小庙也毁于“文革”。

当初石庙旧址已变身稻耕乐园，走在木质的栈桥上，穿行在稻海之中，我想起童年赤足走在田埂上的无忧无虑，脚丫和泥水搅拌在一起软软的触觉让我的心神荡漾。脚下的龙脉泛着稻花的清香，那护卫一方的神龙想必别来无恙吧。坐在一株稻的身边与它对话、注视、倾听，给它讲自己成长的烦恼和俗世的烦忧，仿佛讲给那条神龙听。稻不会世俗矫情，默默倾听你的心事，无声分担你的烦忧。稻看腻了，旁边还有可食花园，再去与长成花朵模样的蔬菜亲近亲近。时间就这样静静地流淌，传说中的辽泽龙脉在暖暖秋阳中泛着金光。

中午，我觉得渴了、累了、饿了，就在稻田木屋，就着窗外的稻浪，吃一盘简单素炒紫甘蓝就一碗芳香四溢的白米饭，把花朵样的蔬菜和倾听了我心事的稻装在心里，仿佛把龙脉精神融化在血液中。

傍晚，空气清新得仍然像水洗过一样，吸食一口新鲜空气，吐出内心的尘世污浊，像按动了电脑刷新键，刷新一遍，通体舒泰。

金乌西坠，霞光满天，我把目光投放在不远处小村上，轮廓清晰，浓淡相宜，小村美得如水墨画一样。饭菜的香味混合着翻滚的稻香，微微撩拨着我的感官。夕阳无限，静谧安详，心内徒生“遍地英雄下夕烟”的慨叹。

在起身离去的一刹那，我忽然觉得自己和那条归隐的神龙有了某种思想上的共鸣。

# 无名湖随想

湖是由岸围成的一方方水，是辽河留在岸上的终极念想。

随着湖离开辽河日久，岸的推挤、填充，人为的拆分、疏导，湖由众多转向稀少，从大片转向袖珍。现今，从辽泽走来，曾经星罗棋布的湖已非常少，少到了屈指可数的程度。这片湖也命运多舛，身经百劫，早已失去辽泽原水的内质，却秉持辽泽德被天下的基因，虽几经干涸、拆并、积水、填充，却因机缘巧合，存活至今。

这片湖能从即将湮灭的水泡子华丽转身成为景观湖，得益于它所在的城市面临的一个崭新的历史发展机遇。此湖因建筑垃圾堆积，临近干涸，靠天然积水续命。在很长时间里，湖污秽浑浊，朝不保夕。一日，它所在的城市提档升级，开发者的脚步随即来到这里。

湖知道，它的大限终于到了。

湖无语地敛容屏息，等待最后时刻的到来。这一刻，湖的内心从容极了。它的同伴们都早早结束这一世在凡间的运数，畅行天地间。如今，它大限已到，终于可以摆脱这陆地束缚，化作白云，从此徜徉于天空，与星月为伴了。

开发者犀利的目光审视着瘦弱不堪的湖，过了好久，又仿佛是一瞬间，湖的命运却实现了转折。因为湖符合人临水而居的愿望，它幸运地继续担当起湖的职责，从此开启崭新的发展之旅。

人们在这无名湖的周围建起了一个名叫湖滨公园的休闲场所，紧紧围绕着湖而建，既开阔且狭长。人们给湖拓宽、加深、注水，人们把湖底积淀的垃圾捞起来，铺在地上，种上花草，建起高楼。给湖修造美丽的岸，注入干净的水，湖很快逃离污浊、垃圾和困顿，走向新生。湖尽管没有名字，却抛开青涩，逐渐婉约成熟起来，出落得妩媚不俗，风吹过来，波光粼粼；雨飘过来，清新润泽。人们从湖里嗅到河海的味道，纷纷聚拢而来。这里的居民多为清末招民屯垦政策和内地闯关东而来到这里的平民后裔，他们从河海先辈那里遗传了湿地文化基因，呼吸着湖里的河海味道，感到舒心润肺。尽管湖还没有名字，却已经成为喧嚣人世躲避凡尘的静谧清音。人们开始对湖倾诉着自己的快乐与哀愁。当工作、生活经历挫折或者沮丧，湖就是他们的心灵家园，与他们分担生活的雨与风。当节日、喜庆到来之时，湖承载着他们快乐的音符，令他们拥有天地之间那谜一般湖泊似的气质。湖连通了人们亲近河海的心愿，容纳了人们短视自私的肆虐，倾听了人们隐秘诡异的暴虐内心。

湖在白天和夜晚给人们讲述着不同的故事，让他们的梦沿湖面缓缓飞翔。白天，湖和太阳与静谧在一起；晚上，湖仰望繁星，听那长夜的呼唤。湖成了人心灵河流的承载点，狂妄暴虐的平和点，隐私倾诉的私密点。这两天湖面上的水汽特别重，漫步其中，感觉是在云里，在雾里。望远处氤氲缭绕，看近处荷叶摇曳，万绿丛中粉白相间，恍若瑶池仙境。当然，湖的仙气是人赋予的，但湖也不屑于用任何外来物件装扮自己。

于是，惯常游湖的人开始抒情了，说人与湖的故事，甚至当地报纸为此办了征文比赛。有位女作者把湖与女人联系在一起写，她说，女人就如那波平如镜的湖水，虽然内心躁动不安，涟漪轻荡，依然表现出平静淡泊的姿态。女人眼里的秋波如湖水，女人柔柔的情怀如湖水。

有正方，一定有反方，很快有人引经据典地反驳，搬出老子的话："天下莫柔弱于水，而攻坚强者莫之能胜，以其无以易之。"水的柔，水的灵秀，可以把任何坚强的东西都融化掉。从这点来看，女人赶不上湖。

湖有了人文的情思，人们看湖的眼神发生变化，仿佛看着自家的一个物件。人在湖上嬉戏，与湖水亲近，然后再抛扔杂物。湖一言不发，默默承受着。人越发发现湖的品质，女人与湖的故事开始升华。有作家说，女人承载着与男人一样的欢乐和忧愁。也许女人更易受伤，所以也更会疗伤，她只能努力地改变自己去适应周遭的环境，这不是错，就像这弯清澈的湖水，任由周围变更而宁静如常。女人以水平如镜的清澈，倒映着周边的嫣红与苍翠；以欢快的涟漪，幸福着两岸的突兀与逶迤；以默默的无私，滋润着家庭的干坼与渴望。于是，景因水而秀，岸因水而奇，家因水而兴。女人是一片湖，清澈含蓄空气清新。接着男人发现，这观点错了，自家女人就不如湖。湖是内敛的、保守的，不管多少人吐槽、抒怀，不管多少清丽辞藻、巧妙构思，始终不为所动，以一贯的步伐奔向命运的终极。其间纷繁混乱，甚至污秽构陷，乃至生命终结，湖都会淡然面对，这是湖从其祖先辽泽，从其父辈辽河那里继承的基因。可人不明白，还在那研究，怎么自家女人不具备湖的特质呢？

岸的环绕，水的囤积，成了湖。岸是水里河泥的堆积，湖是来不及流入河海的水。水把岸的优劣都置于身边，放在心上，尽在湖中。水把岸包容，使岸更加雄浑；岸把水彰显，使水更加秀丽。岸给水厚重，水给岸空灵。据资料显示，此湖形成于一百多年前，是人开垦辽泽、疏通河道、发展生产时，遗落在世间的存在。此后，湖坚守着一方水，自在逍遥。随着湿地日渐萎退，人们把目光对准了湖，于是湖的命运变得晦暗不明，被抽干、拆并、填平，湖的同伴骤减，发展前景堪忧。此湖因生在僻壤，几次错过由湖水变成雨水的飞升机遇，成为河海留在凡间的终极念想。

这一片湖虽经坎坷而存活，却给人初经人事的羞涩，给灵魂无所依的人们最清新的慰藉、最深切的接纳与理解。湖用她宽大的胸怀，原谅了人们种种肆意践踏和戕害，容许幼稚短视的人们自由地发泄与释放。湖不说话，可湖却用生命给人最大的理解与支持。

天气晴朗，惠风和畅，安详的湖面让人神清气爽，不知不觉间，就会架一叶小舟投入它的怀抱，就像久违的游子，超脱尘世羁绊回归母亲的怀抱。让这一刻的回归，成为永恒。

# 花的自白

我叫蒲公英，当地人叫婆婆丁、黄花地丁、黄花郎、补补丁、苦蓿等，我的寿命很长，年龄以亿年为单位，我没有道法和修行，只是低调、内敛地活着。我开在料峭的春寒中，无论土质如何贫瘠都能瘦弱、娇艳地盛开着，点缀着一个又一个寂寞的春天。

在下辽河平原还被称为辽泽的时候，我由风送过来在这片湿地落户，悠悠经年，我的家族发展为可观的阵容。那时，辽泽的春天是单调寂寞的，天高地阔，人烟稀少，呼啸来去的风吹得天地动容。地面上铺着一米深的水，红滩绿苇成为大泽地色彩的主打。高出水面的坨子上长满茂密的蒿草、蒲草，浓绿得逼人，而我则成为这浓绿中稀有的点缀，在大风与春寒的较量中灿烂地开着。周边多是蚊虫野兽，咸水杂草。偶尔也会光顾一群人，拖儿带女，衣着褴褛。他们把逡巡的眼光投向四野，别说看见树与野果，连可食的野草都少见。饥渴中，他们发现了我的存在，立刻扑过来采食充饥。等他们在此停下脚步，建设家园，就会把我采摘回去，洗干净，放盐腌渍来吃；也有人用开水焯一下，拧干水渍，蘸酱来吃；还有人把我晒干留待冬天吃。反正有辽泽人那天，他们就无师自通地发现我的价值，一直吃了千百年。我不用播种，不用成本，经常连片生长，而且割掉一茬还有一茬，似乎是贫瘠的辽泽取之不尽用之不竭的食材。

我样貌极为普通，个头也小，叶铺散成莲座状，花为黄色或土黄色复瓣舌状花。我外貌不出众，我的心思也没放在外貌上，我是那种修炼内心的成熟选手。我不挑拣环境，自我发展能力超强，长期连片生长，成为辽泽春天不可或缺的一味点缀和食材。仅有这点作用还不足以让我在这里自夸其德，当地人慧眼如炬，很快发现我的药用价值。他们发现我不仅能充饥果腹，还能治病疗疾。李时珍在他的《本草纲目》中写道："女人乳痈肿，水煮汗饮及封之，立消。解食毒、散滞气、化热毒、消恶肿、结核、疔肿……乌须发、壮筋骨。白汁：涂恶刺、狐尿刺疮，即愈。"现代医学也已研究证实，我具有很高的药用价值。我能清热解毒、消痈散结。尤善清肝热，治疗肝热目赤肿痛，以及多种感染、化脓性疾病。现如今，我的神奇疗效在民间广泛流传，有人形象地说，我治愈的人如蒲公英种子散落在辽荒大泽。

我的根为纺锤形或圆锥形，垂直生长，入土较深，单一或分枝，因此才得以在被反复采食中艰难生存下来。春回辽泽，我往往刚钻出地面，随即被争相采食。我同情这些饥肠辘辘的人，尽量伸长身条，快快生长，多多接济一下有广泛需求的人们。那时的辽泽天高云阔、草长莺飞，湿地上长满芦苇、蒲草，零星的野花点缀其间。我一直认为那时的辽泽寂寥单调，缺乏诗意。吴越王钱镠曾叮嘱自己省亲晚归的妃子"陌上花开缓缓归"，钱塘男人的浪漫就是在姹紫嫣红的美好景致中滋生出来的。而在辽泽，色彩单调，环境恶劣，迁客骚人也很少，确实没有缓缓归来的诗情画意，有的只是劫掠和搜寻的目光。每年春天，挖野菜的女孩成群结队，拉网式搜寻着我的身影。女孩中一个叫春喜的女子，在黧黑的、面目模糊的女孩中显得美丽出众。她白皙的十指轻抚我的身躯，我几乎是感觉幸福的。可她却狠狠地把我连根揪起，再掷在地上狠狠踩踏。幸亏辽泽土质松软，我得以借着潮湿的地气，再次扎下根。我心里明白，这女孩恨哪，她自己一副花容月貌，可生在这辽泽蛮荒地，没有展示的舞台，让她如何不心生愤懑。我心疼这女孩，却爱莫能助。然而，有一年的春天，女孩的脸上却开出了灿烂的花朵。我听说她要嫁去省城，从此摆脱这泥泞的沼泽湿地。到了出嫁那天，我深深为这个想要不凡的女孩祝福。

时隔几天，三三两两的挖菜女们的议论引起我的注意。女孩出嫁车队遭了土匪，女孩失去消息，生死未明。在辽泽，大部分女子都不会抗争自己的命运，她们麻木、被动地接受着、承受着，仿佛被苦难喂养成苦难的容器。我看惯了辽泽的苦难，偌大辽泽仿佛就是苦难的乱葬岗，人们在这里上演生老病死、离乱纠葛、喜怒哀乐，女子的肌肤由嫩白到粗糙、由细腻到老茧遍布仿佛短暂得只在一个春天。

辽泽的冬是肃杀的，刺骨的寒冷让生命从旺盛代谢期进入积蓄力量期，我把根扎在地下，任刺骨寒风抽打脊背，任冰冻三尺，把我的灵魂冻僵。等到春的信息刚刚透露，我最先钻出地面，看着被寒冬肆虐后的荒地大泽。刚刚露头，居然见到多年不见的那女孩。当然她已年过中年，颜色衰减，但眉眼清晰可辨。听说她被土匪抢去，做了压寨夫人，进而和她土匪男人并肩驰骋在芦荡深处。后来，她和土匪男人转身抗日，中华人民共和国成立后被政府收了编。再后来，她土匪男人在政治运动中被镇压，被一枪打爆了头，就倒在我身下这片土地上，连我的身子上都沾着他的脑浆。女人一身素服给男人送行，她撕破身上衣服给男人包扎伤口，细致地为男人整理妆容，亲手擦干男人脸上血迹，用脂粉抹平血窟窿，再画上浓眉大眼。然后就地挖坑，把男人移进去，迅速填平，没有留坟包。女人躺在地上，瞪着眼睛，久久没有起身。天黑下来，女人起来，揪起我的身子，狠狠地连根拔起，带回家去，煮烂捣碎，喂给嗷嗷待哺的孩子。

从沧海到桑田，我以为千百年的事，短短的百十年，辽泽发生了翻天覆地的变化，水被疏干，地被垦殖，杂草被清除，兽虫被打杀，连凛冽的风也变得温柔了。成片的高楼林立，四通八达的柏油路筋脉一样贯通，我足下的地被毫不吝惜地掀翻，铺上水泥钢筋，园丁看见在夹缝里生存的我，毫不犹豫地一一铲除。

我被分割包围在有限地界，只能看见我身边的人和事。街和路被开辟出来了，街路两边盛开着品种不算高贵的串红、雏菊、喇叭花，说不上名字密密层层的色泽统一的小花。原来的辽泽，一直以红绿两色打底，五彩缤纷的花并不多见。然而，不知从什么时候起，街路两边、小区中间、旅游景点、房前屋后，茂盛浓密的花朵开始蔓延，我没听过名字和叫不上名字的花，还有我心仪已久的花，只闻名没谋面的花，大面积地盛开着，每年春风一起，层出不穷的花事就接连上演，一直演到雪封冰冻，那花事还在延续孕育等待新一个春天。等待一场姹紫嫣红的花事让我从充满期待到身临其境，一唱三叹回味悠长，从期待孕育到高潮咏叹，再婉转低回，充满惊喜与回顾。我和同伴的存在变得弱化了，被毫不留情地铲除。那个得过茅盾文学奖的作家阿来在他的《植物王国》一书中说到，当一个城市的建筑不可能再来负载这个城市的记忆时，那么，还有什么始终与一代代人相伴，却又比人的生存更为长久？那就是植物。植物最初出现在地球上时，是没有花的。直到一亿多年前，那些进化造就的新植物才突然放出了花朵。虽然，对于植物本身来讲，花意味的就是性，就是因繁殖的需要产生的传播策略。这话触动了我的心灵，我是辽泽春天的主题歌，我挽救了无数的生命，疗救过无数饥民，我才是承载着辽泽人记忆的主体。可从前感恩戴德的人们很快对我开始不屑一顾了。他们结伴去看桃花，看得如醉如痴。桃花是先花后叶的，先是经冬的枯枝逐渐泛青，然后转红，俏红的花蕾开始吐蕊绽放，经微风吹拂，花朵开始盛放。开得最繁密时，花朵往往遮盖了枝条，浓烈鲜艳如春风徜徉在人们心间。花有重瓣、单瓣，有白、浅红、深红等色。盛开时如天边的云，明媚而娇艳，妖娆而妩媚。彼时，辽泽已经用倾国倾城的姿容遮盖了残冬的风霜，曼妙的花朵在风中轻轻吟唱，枝条柔得媚到了骨子里，像是丝丝媚眼，眼波流转，举手投足间满是春的媚惑。最赏心悦目要数公园里，休闲处那成片的桃花，其间掺杂簇簇迎春，粉红与黄白相间，让春的色泽与风韵更加成熟。

榆叶梅的花期约略在桃花盛开之后，一阵春雨，桃瓣落地，榆叶梅越发俊俏起来。我第一次看见水红色的繁复花朵，震惊不已，她亭亭的、骄傲的，如火红珊瑚，繁密、旺盛，春风轻拂，就像一个个穿着薄如蝉翼的芭蕾舞裙的小姑娘在阳光下跳舞。那生命与美的花朵，那水红色的通透劲儿让春在桃的序曲中拥有了更美的乐章。

樱花与桃同科，产于中国，成名于岛国，以前看到的樱花都是一两株混杂在桃李中，让人难辨真容。如今在辽泽，居然有了樱花谷，红男绿女徜徉在樱花花海之下，感受鲁迅先生留学日本写下的“看上去像绯红的云”的景象，蛮荒之地走来的人们看樱花花瓣在空中飞舞，用相机留下自己在樱花树下会心的微笑，在落英缤纷中感悟樱花短暂而绚烂的一生。杏花与梨花，闻着春天的气息，次第开放，远看似云赛雪，近看百态千姿，一朵朵，一树树，让春的曲调唱到最高潮。接下来的蔷薇、玫瑰、月季、薰衣草、芍药、刺玫、槐花、牵牛花、紫藤、美人蕉、绿萝等知名的、不知名的花朵，一股脑地纷纷登场，把姹紫嫣红的花事舞台掀到爆棚。

在街上，回廊拐角处，藤牵蔓连的繁花盛放，有时是整院玫瑰、蔷薇、刺玫、三角梅，有时紫藤盘架，各色知名、不知名的花朵层层叠叠，仿佛接受检阅的士兵，生怕漏下自己娇羞的面孔。走着走着，不经意地一瞥，不知道哪家庭院，或一枝浓艳，或三五成群，最叫绝的是紫藤环成的月亮门，还有牵牛花排列成花墙，花朵像一只只小巧的五颜六色的喇叭，迎着太阳在吹奏一支支优美的乐曲。

本为南方特产的油菜花，被引进辽泽，蓝天白云下，一望无际的油菜花遍地金黄，像是一片金黄色的海洋，你挨着我，我挤着你，挺拔着，摇曳着。走进这油菜花的花海，嗅着油菜花沁人心脾的香气，清香的味道伴随着凉凉的空气吸入肺里，贴心润肺，美不胜收。那来自雪域高原，只在歌声里会晤的格桑花，正悄悄绽放，那寄托了藏族期盼幸福吉祥等美好情感的格桑花就开在经改良的盐碱地上。格桑花看上去弱不禁风，可风愈狂，它身愈挺；雨愈打，它叶愈翠；太阳愈曝晒，它开得愈灿烂。听说藏族有一个美丽传说：不管是谁，只要找到了八瓣格桑花，就找到了幸福。如今这种寄托藏族同胞美好情感的吉祥花已落户生根，并逐年扩编。牡丹、郁金香、玉兰等高雅、雍容、名贵的观赏花木更是悄然进驻。我的位置越来越小，我的家族也空前缩编，好在还有一个小院落接纳我。

这是一个破败不堪的院落，我长满整个院子，连房顶都是，一片金黄。女主人已经老得没有牙齿了，我还是认出了她，那个心比天高的女子。她已经有了重孙子，越发没个老样子，她酗酒发疯，没牙的嘴里发出嗤嗤怪笑，跟鬼一个样子。人们早已把她视为不合时宜的存在，她却一再顽强地活着，对着满院灿烂的黄花笑得肆无忌惮。人们说她是疯子，她也确实疯了几十年，从她把男人脑浆抹到脸上的那一刻，她就疯了。可也因此没人敢当面惹她，也没人敢批斗她，她却整日地嚣张起来，谁都敢骂，谁都敢打，没人会拿一个疯子有办法。闲暇时，我和一个疯子相看两不厌。她采摘嫩芽，不再狠狠地带着仇恨，而是轻手轻脚，生怕碰坏我的根。我也好像回到九十年前，那时，我家族兴旺，而辽泽云阔天高。这个院子也要动迁了，隆隆的铲车就在窗外候着，老人疲累得连腿都抬不动了。我知道老人一咽气，这院子连同我，会马上被夷为平地，之后再建起密集的高楼。

辽泽的风越来越暖，周边的景致越来越像江南。陌上花开时节，没有我表演的台面。我知道，不管我的年龄多大，根有多深，子孙多少，都将失去集团军作战的优势。

春天来了，又到了我的季节，却没有出现群体效应。几个遛弯老人、赋闲的主妇在树荫、草坪里苦苦搜寻我的身影。旁边有稚嫩的声音问，奶奶，婆婆丁是个啥东西？老人的脸在春风中荡漾开来，孩子，婆婆丁可是好东西呀！为这细微的需求，我还在坚守着，如果有一天完全没有立足之地，也没关系的，我有翅膀，还可以选择飞翔。

# 桃之殇

## 一

一场春风勾连着一场春雨，街边的桃花就率先俏上枝头，展示着“千朵万朵压枝低”和如云赛雪的魅力了。

在我心里，一直认为桃花应是开在寂寞断桥边、乡村庭院里，跟随着陶渊明的脚步，长在黄四娘或唐寅家的花蹊上。就好像我童年生活的小村，户户植着桃花，春的信使一到，各家各户的桃花纷纷开放，压满枝条，艳丽无匹。人面桃花相映红，一树桃花压短墙，芳草鲜美，落英缤纷等景致随处可见。而我那时不欣赏桃花，更期盼的是桃子。我家院子里的桃树移植于小桃家。她家的桃树多，桃子个大、皮薄、肉厚、多汁，鲜嫩的水蜜桃咬一口仿佛能滴出蜜来。她家庭院仿佛地气特别好，连桃花的花瓣都格外肥硕厚实，花也开得密集鲜艳。小桃家世代侍弄桃园，小桃的爸爸潘老桃从祖上继承下来摆弄桃园的本事。在国营农场，潘老桃的本事没处施展，只好在自家庭院培植桃树，收获的果实分给乡邻。潘老桃没有儿子，只有两个女儿，小桃、小夭都生得花朵样，站在桃花下，一副人面桃花的生动场景，潘老桃仍然感到生活美中不足，时常唉声叹气。我家院子的桃树都是小桃帮着打理，施肥打药样样来得，看她娇娇柔柔的，干起活来毫不含糊。

我和小桃一起读书，小桃画画得好，仕女画几笔就勾勒得有模有样的；小桃字写得也好，横平竖直的，不像我的字，你扯我，我扯你的，有时甚至看不出个数。小桃的学习成绩却不理想，她会在上课的时候冥想，她会在作业本上画画。我俩坐在她家院里的老桃树下写作业，等我写完，看她正泪眼汪汪地往本子上抄写桃花诗，一首一首的，工工整整的，那一刻，我觉得小桃是从红楼梦里走出来的水一样的女子。

和小桃在一起的日子，她不是写就是画，还能写些稚嫩的诗，抒发少女情怀，我说她能成个女秀才，小桃羞红了脸，和桃花一样美。在农村，吃水果是奢侈的，小桃把她家的桃子管够给我吃。那样的日子，幸福得如飘在天边的云，完全不知道今夕何夕。

后来，我升学离开家乡的小村，小桃和我在桃花下依依惜别。小桃流了很多眼泪，她和我相约，等她家桃子成熟了，我一定回来吃桃子。我知道小桃的舍不得有她的私心在里头，她也想进城，她是有理想的女子，有满腹的诗情画意，她一直觉得小村里没有她要找的生活，她想走出去寻找更好的生活。

## 二

不知道从哪年起，很多城市的主街路都植上桃花，我不知道这是受文人思想灌输还是受成长地域的影响，我总觉得主街路种桃花显得城市气度不足，不够高大上，连带不太待见在城市摇曳生姿的桃花。有一年的春天，我所在的单位搞一个规模比较大的活动，连筹划带准备的，忙了几天，会议开得圆满成功。散会时，已经临近中午了，等我写好新闻稿子，根本来不及吃饭，跳上一路公共汽车，到报社送稿子。那时基层各单位开展活动都差不多，怕稿子没有新意或不被选中，就等着编辑提出意见，在现场修改。好在那天编辑心情不错，稿子没有大的改动，顺利通过了。从报社出来，已经下午三点多了，饭不必吃了，早饿过劲了。我心情沮丧极了，干最累的活儿，得到回报最小，更没人在意你的苦和累，自己只是在城市飘零的蒲公英，没有根基没有家。街边桃花盛开，走在缤纷花瓣里，粉嫩的花朵挤挤挨挨地，花蕊中的甜香沁人心脾。走着走着，我忘记了疲劳，忘记了苦和累，心情逐渐好起来，看来城市的桃花也有抚慰心灵的作用。从那时起，我工作累了或是心情烦躁时，就沿着街边的桃花走一走，渐渐地，这成为我休闲的一种方式。

有一日，我正循着桃花信步走，居然看见桃花下面的潘小桃，她还是那样面如桃花，粉嫩怡人。他乡遇故知，我们彼此拥抱，问寒问暖。等回过神来，发现小桃手里牵着女儿，一个花朵样的小女孩。这么快？连孩子都有了，我诧异地问。小桃苦笑，简要回答了我的疑问。我离开后，小桃也通过婚姻走进城市。男人是开货车的司机，整日一副黑瘦的样子，一个靠出力气混饭吃的男人。一个桃花般灿烂的乡下女子，依靠男人微薄收入来养活，自然没地位且日子过得紧巴巴的。

生下女儿后，小桃的日子更不如意，婆婆看不上她，小姑子也嫌弃她，生活琐碎是非不断，暴躁的丈夫不会处理家庭矛盾，总是打骂小桃来出气。小桃身上脸上经常带着伤，没处去的小桃，受伤后总会躲在我这儿几天，然后再老老实实地回去。我曾劝过小桃放弃婚姻回到村里，如今农村的面貌已经大为改观，小夭的桃园经营得很好，可以供给母女两人过温饱生活。小桃摇头，说这里有她的理想、她的梦。看她死性，我就接着劝，其实，男人也不是多坏，就是生活重担压弯了他的脊梁，等孩子大一些就好了。小桃不置可否地望着远方，不言语也不回应我。试想小桃这么一个一肚子水润柔情的女子，碰到这么一个粗暴男人，这样差异的生活让小桃如何接受得了。

我休闲时经常走到小桃家附近那株桃花下等她，找机会劝她想开些。那株桃花周边住户经常拿污水肥皂水浇花，亏得小桃懂得花性，经常采取补救措施，那株桃花才得以存活。婆婆看不上小桃为不相干的花草费心费力，经常指桑骂槐的，说小桃败家子、空皮囊，没一点用处。小桃充耳不闻，依然如故。

## 三

小桃婚姻不幸福，也有不甘心，还有点姿色，禁不住引诱，就有了外遇。男人是一个小包工头，一个有点小钱的农民，男人对没上手的小桃温柔细腻，持久追逐，等到手后，又弃之如敝屣。死心眼的小桃受不了生活的欺骗，一再挽留本来就没什么基础的感情，再多次遭拒绝，面子里子都伤透了，进而了无生趣，选择了殉情。第一次吃药，第二次还吃药，经过反复洗胃，所有能遭的罪都遭了，只剩如纸的一层胃膜包裹着生命。面色惨白的小桃给那男人打电话，男人拒接，小桃的泪顺着光洁的面庞流到枕边。婆婆一脸的嫌弃，丈夫一脸的无可奈何。我以为经过生与死的考验，小桃会珍惜生命，哪知道她第三次选择割腕，终于死成功了。嫣红的鲜血宛如炫目的桃花染红她身下的土地，而那株桃花开得正茂盛。她依着那株桃花给男人打电话，约男人出来谈，男人不出来。她说，你不出来，我就死。男人说，你趁早死吧。于是，她死了。小桃的血鲜红而不凝，是小桃不甘的灵魂在谴责那负心的男人，还是小桃有太多的无奈与牵挂？不管怎样说，当薄如纸片的利刃染上一抹妖艳的红的时候，不知她是否后悔如此轻易地放弃生命。

小桃因死得不光彩，婆家和娘家人羞于操办，好歹拉到火葬场烧了完事，连骨灰也没要，一张纸也没烧，她娘要哭几声，也被呵斥住，送行的朋友只有我一个，黄泉路上她孤零零的一个，不知道是否孤单。

那个春天，小桃家附近那株桃花开得格外灿烂，是小桃的血浇灌还是桃花有情回报小桃多年的关爱，不得而知。反正小桃的生命来来去去如此悄没生息，能记得她的，恐怕只有这株桃花了。站在那株桃花下，想起小桃生命的选择和来到城市后的种种，心酸难以自已，没来由地想起一句诗：揉碎桃花红满地，玉山倾倒再难扶。

## 四

再次回乡，是受小夭的邀请，那个比小桃小两岁的妹妹。小夭生得和小桃一样美，也一样不喜循规蹈矩地读书，却有满肚子才情。小夭成年后也面临小桃一样的选择，即选择在农村和在城市生活的问题。在农村，小夭家底殷实，样貌秀丽，还有一技之长，选择可谓多多。如果通过婚姻渠道进城，也有后备人选若干，甚至有刚刚大学毕业的公务员。小夭经过综合选择，决定留在乡村发展她的特色农业。小夭对我说，近几年，农村经济发展形势越来越好，乡村面貌大为改观，许多城市有的功能，农村也逐渐健全起来。再说，她的桃木种植专业在农村才有发展前景，父母年龄大了，需要跟前有个人。小夭最终选择在乡村择婿并经营自己的特色桃园，逐渐扩展项目，开发农家乐旅游项目，生意逐渐风生水起。

如今，小夭家的农家乐办得越来越有声有色了，在观赏季，满院桃花如云赛雪，连外地的朋友都慕名而来。在人群中忙碌穿梭的小夭，幸福而满足地笑着。想当初，小桃如果不是想进城逐梦，或许就和小夭一样过着这份平静幸福的生活。如果当年农村也是这样的环境整洁，便利如城市，小桃是否还要用一辈子的幸福做代价去换取城市生活？斯人已矣，回答我的是和着微风簌簌飘落的桃花雨。

坐在和小桃写作业那个石凳上，眼前浮现那个认真抄写桃花诗的艳丽身影，再次红了眼眶。

桃花依旧，春风微醺，似乎一切都没变，似乎一切都变了。

# 野花小记

我的家乡在辽河入海口附近的一个百十户人家的小村子。因为地处湿地，翅碱蓬、芦苇、蒿草次第生长着，色彩以红绿打底，间或有零星的小野花点缀其间。野花品种单一，且多为黄色，复瓣，样貌小巧，娇羞地、上不得台面地开放着。别看零星的野花不成气候，可一旦连片生长，却颇有些怒放的生命的感觉。

我的母亲极爱花，在粮食金贵，农村生活低水平“瓜菜代”的艰难日子里，始终在宝贵的房前屋后“自留地”里开辟一处小小园地作为花圃，里面种着多数从原野里移植来的黄色野花，挤挤挨挨的，四周用向日葵圈成围栏，春夏秋三季都开得金黄惬意。

我出门剜菜摸鱼，遇到野花总是小心地挖出来，种回到园子里。往往今天种下，明天开败，后天又添置新的，野花品种越来越多，高高低低、大大小小的金黄，开得越来越灿烂肆意，让我心里颇有成就感。每每献宝似的炫耀，引得围观的姐妹络绎。每天晚上，总得要姐妹们点评后才算结束一天日程，小小花圃带给我无穷的乐趣。我自幼平凡，在有限记忆里，得到如此关注尚属首次。因此多年以后，仍然记忆犹新。

有一次，我在上水田坝梗剜菜，看到长长的藤蔓上开着一朵夺目的黄花，这花不同于我以前积累的野花品种，此花为大朵，复瓣，在阳光下开得夺目。我叫不上它的名字，时值盛夏，四周杂草郁郁葱葱，它却开得比周边杂草更加旺盛，在夕阳掩映下显得非常夺目。我带的工具比较短小，尝试几次怕碰到花根，于是遗憾回去，想等第二天放学后，带上长些的工具再来。第二天，兴冲冲地赶到坝梗上，新清的淤泥早已埋上坝梗，昨天能行路的坝梗泥泞不堪，那夺目的花连同周边的草都被压在淤泥下面，早已不见了踪迹。

我那小小花圃里的花开了败，败了开，我喜欢却没甚在意过，遇有姐妹喜欢的，我都不吝割爱的。却总记得那朵没来得及移植的花。随着年龄的增长，那朵花不但没模糊，反而越来越清晰地开在心灵的底版上。刚开始，我只为没及时移植而后悔，可惜了那样一朵好花。接下来，为它深深地感到遗憾，那么一个在阳光下旺盛的生命，就这样戛然而止了。

再后来，想得更多了，开始为短暂的生命惋惜，人生一世，草木一秋，如果能顺顺当当地春荣、夏长、秋黄、冬藏，也算完美一生，可那朵花居然只灿烂那么一瞬间，叫人扼腕，进而总觉得我应该做点什么，却不知做什么好。就这样把这朵花时时翻出来，在内心纠结一下。

后来，我随全家搬进城里，务农半生的父母在城里开间杂货铺，我放学回来经常去铺里帮忙。城里的花姹紫嫣红的，我却再也没有拥有一个花圃，哪怕是一个小小的。我曾在废弃的花坛尝试过，终因邻居调皮孩子的破坏而没成功。母亲仍然爱花，家里的花品种开始多起来，芳香的、娇嫩的、开花的、看景的，林林总总，却再也不见挤挤挨挨那一片怒放的金黄。

在我家铺子旁边，是卖水果的摊贩，有一家从农村刚刚搬进城，就在我家铺子边上卖水果。男的黝黑强壮，不爱说笑，蹬三轮进货连带帮人送货，挣点零花钱。女的方头正脸，开朗乐观，在家守摊卖货。他们的女儿十四五岁，不上学，帮着家里卖货。女孩叫娜娜，生得皮肤白皙，身量窈窕，齿白唇红，浑身上下洋溢着青春的美，即使在他们租住的低矮平房里也闪烁着耀目的光。没来由的，我几乎一下子想到那朵没有移植的野花。

很快，我和娜娜做起了朋友，她真诚坦率，热情豪爽，离远就对人弯起眼睛，报以银铃般的笑声。我鼓励她多读书，她总推三阻四，再说急了，她就耍赖，说咋也读不进去啦，那样子娇憨萌宠得要命。

娜娜是实诚孩子，你和她交往，她不会掖着藏着的，连吃几碗饭都告诉你，少女的坦率直白让你感到推心置腹的信任。她勤快，善良，不怕吃苦，在家里洗衣做饭，炕上地下样样来得。卖水果更是嘴甜手快，不要秤杆，很有一些熟客的。大冬天，在外面卖水果，脸都冻肿了，破了皮，往外直冒水，也咬牙坚持着。我买了围巾手套送她，她说什么也不白要，非得把她卖的水果送给我吃一些才作罢。我心疼她小小年纪吃这么多苦，就不断帮她留意一些就业机会。她读书少，还坐不住板凳，总也干不来。有几次，几乎是逃着回来的。我体会她的水土不服，就鼓励她再多试一试。我总一厢情愿地认为，她多适应适应，或许就好了。

那年，我所在的城市举办礼仪小姐大赛，轰动很大的，城里的名媛闺秀都发动起来了。我一下子想到娜娜，进而想到娜娜入围后，生命迈上新台阶，进而改变命运，或许还有机会和当世名花一起绽放，多美好的前景啊，想想都让人兴奋。经过和报名处的工作人员沟通，娜娜身高体重都符合报名条件，就是学历低些。可人家说如果自然条件够好，其他条件可以适当放宽。我回来原原本本地说给她听，她也显得很热情。我领着娜娜去报名处，人家一下子就相中了娜娜的外貌条件。接下来是办手续、复习知识、设计衣服。我拿出最好的衣服来打扮她，牺牲休息时间陪她复习应知应会题目，还找了相熟的培训机构为娜娜做免费短期培训。娜娜逐渐转型，气质外貌发生很大改变，从野花路数逐渐走到名花的台面上来了。

渐渐地，我发现娜娜从一开始的热情到后来的懒散随意，每每该加油的时候不给力，我以为她是怕选不上，就不断鼓励她，说尽力就好，别压力太大了。她终于打起精神说，我一定要试一试的。听了她的话，我心里甚是安慰。

到了初赛那天，我因为开会没陪娜娜去参赛。下班后，就在她家等她。等得天都黑下来，娜娜仍不知去向。我正想出去找，娜娜回来啦，局促地站在我面前。我一问，她期期艾艾地不回答，我以为她没选上，正上火，就安慰她几句。谁知人家根本没去参赛，路上遇到一个搭讪的男孩，两人像模像样地处起了男女朋友。

这件事让我对娜娜很失望，也引起我的深刻反思。我这里热情付出，她那里不疼不痒，我一厢情愿地想把这朵开在野地里的花移植到花圃中，这么做是否欠妥当？人家在野地里开得好好的花，被我移植过来，或拥挤，或疲惫，或水土不服，有的甚至还可能死掉了，这期间，我从没问过花愿不愿意。

从那以后，我不再给娜娜指人生出路，也不再热心提供任何就业机会。娜娜以一副土洋结合的面貌出现，脸上搽着厚粉，穿着及臀短裙，热络地处着男朋友，每日早出晚归，和我碰上一面都难。之后，彼此都更忙碌啦，有日子没有娜娜的消息啦。

忽一日，娜娜娘送来娜娜的结婚请柬，说娜娜要结婚啦。

我问，是不是太快了，娜娜还不到十八岁呀。

娜娜娘说，管不了，随她去吧。

娜娜婚礼办得很潦草，宾客酒水都很一般。娜娜穿着不合体的礼服，大着肚子，白皙脸颊上尽是妊娠斑。没过几年，娜娜离异了。据说那男孩极不靠谱，喝了酒就打骂娜娜。娜娜实在过不下去啦，带着孩子回到娘家。娜娜很快又结婚啦，这回的婚姻，因为婚前了解不彻底，更是维持不到一年又离异。娜娜的两次婚姻衍生出婚姻的副产品——一男一女两个孩子。愈挫愈勇的娜娜不久再一次结婚，男人也是离异的，也带着孩子，这回过得咋样不得而知，娜娜的消息到此渐渐弱下去。

有一次，我问退休在家的母亲，娜娜咋没消息啦。

母亲说，一个女孩子，离了结，结了离的，都折腾出花儿来了，还能蹦出什么新花样。

有一天，我去市场买菜，忽然听到一个热络的声音“姐”，我回头，一个胖胖的中年妇女，带着热情的笑，亲热地奔上来，虽然面貌迥异，我感觉那一定是娜娜。

果然是娜娜，只是面庞皮球一样圆，皮肤粗糙且黑，身材完全扩展了三倍。想想那个肌肤胜雪、一对黑白分明大眼睛的少女，乍见之下，吃惊不小，已然平复的内心还是升起异样的感觉。

娜娜还是和以前一样热情，不由分说地给我装了满筐的菜。想她带着好几个孩子不容易，我一定要给她钱的。

娜娜拦住我说，姐，你对我好，我知道，是我自己不争气。说着红了眼眶。

我问她，日子过得咋样？

娜娜说，好多了，这个男人很疼我，对我的孩子也好，我很满足这样的生活。

娜娜满足就好，我应该感到高兴，不知为什么，我心里就是平静不下来。少女娜娜变成中年妇女娜娜，变化的速度实在太惊人了，比一朵花的花期还要短些。眼看着花蕾含苞绽放，没等你为绽放的生命喝彩，转眼间变成落地黄花，迅捷得让你来不及转换思维。看见中年妇女娜娜，我依然会想起那压在淤泥下的黄花，或许它早已化作春泥守护一方水土啦，和娜娜一样，不是以绽放的形式，而是以另一种方式长久地生存着。

野花点缀原野，原野托举野花。生生死死，死死生生，一茬压着一茬自然生长，无论移植与否，还是脚踩狗啃，都不伤野花与原野分毫。花开花谢都是自然现象，就如人在地球上生长，是花是草，花期长短都无关紧要，娜娜还有短暂的花期，或许有的人只是一株草从来没开过花，那又怎样呢？照例尘归尘，土归土。

人往往想要花朵随着自己的心意开放，武则天就曾下过圣旨要洛阳牡丹随她的心，在冬日盛开，为此还生出好多事端。我移植野花，并把它们按照秩序排列在花圃供人观瞻，前后左右，随意移植，也没想过问问野花的意见。天滋地长，万物有灵，人们总是刻意地生出事端来，把自己的想法寄托到物上，美其名曰，借物抒怀。龚自珍在《病梅馆记》一文中，批评当时的“病梅”理念，虽然以花喻人，却也道出人对花草的病态曲解和肆意妄为。

把自己的想法借物说出来叫借物言志，确实也能达到一言直达心底的目的。周边万物开始被赋予不同的情怀，或感伤，或嘲讽，或欣喜，或抒怀，或同情，或大悲，或换位，或关注等，林林总总，不一而足。落地黄花引人不同遐思，野草闲花事关不同风情，端的只在内心的感悟罢了。

# 一条小河的前世今生

从住处往南两百米，是辽河。滔滔辽河水在这里汇集整合，然后流入渤海。近入海口处，河面平展宽阔，堤岸芳草茵茵，花香怡人，是不可多得的休闲佳处。每日，我都要沿着辽河堤岸走一走，或什么也不做，就站在辽河岸边凝望，凝望远处的苍茫。自从离开家乡的小河走进城里，这几乎成为我每日的必修课。我喜欢嗅来自千百条小河汇集而来的特有气息，其中有着家乡的小河经辽河过滤后的独特味道。

滚滚的辽河水从上游而来，汇集这里准备入渤海。这里一直是辽河冲积平原，地势低洼，草长莺飞，自古以来是皇家放牧养马的好地方。辽河是一个支系繁多的河系，又因入海处地势低洼，河流肆意延展，加上种植水稻，上下水管线网络繁多，几乎每个村子都有一条河，连通着辽河和大海。我家门前就有这样一条小河，河面不宽，没有波浪，只有风吹起的细微波澜。确切地说它不是辽河众多支流中的一条，只是辽河泛滥时的一条泄洪通道，后来种植水稻，引水灌田，人们把它接到辽河水系上，使之成为一条地图册上没有名字的辽河支流。这条小河是我童年的乐园，我最乐于在夏冬两季在那里戏水滑冰，多少次被父母提耳根责骂而依然乐此不疲。春秋两季河水清澈，可以看见软软的淤泥和柔柔的水草，颇有徐志摩所吟诵的康河的诗情画意，不过那时我因不大会欣赏小河的美而错过陶冶升华情操的机会。

在同是小河边长大的画家红看来，这条小河和我心中的小河完全不一样。红来自城市，父母是下乡的五七大军，很有些公主风采的，白净的脸蛋，整齐的妆容，还要系上粉红色的蝴蝶结。那时，就连“小红”这个名字都让我感受到都市的风采和气息。提起这条小河，红只说，我下乡的地界有一条小河，春秋极美。确实，我看过红画笔下的小河，美如仙境。她已经记不得自己下乡的确切地址，只说她家住在小河的北岸。小河于她而言，价值在于区分地理位置和提供作画的素材。

在河里打过滚的我与小河的感情与红完全不一样，小河是我承载乡愁的集中点，是我对故乡记忆的集散地。可同样长在小河边嬉戏打滚的黎对小河的认识和我不一样，他只记得收获河里鱼虾的满足感，多年以后，不善言辞的他仍然对此津津乐道，那样的大河蟹，一晚上能捉一缸，那鲫鱼、梭鱼、鲇鱼、黑鱼满篓满筐地装。看来，每个人心中都有一条河，而每条小河又是不一样的。

我不知道小河从哪里来，又从哪里汇入辽河。我曾在地图册上循着滢蓝的痕迹寻找，那婴儿血管一样分布在地图册上的河流密密麻麻，我像一个刚刚学会打针的护士一般认真寻找，结果没有找到答案。参加工作以后，我曾翻阅地方志，也没有找到小河的学名，只寻到记载说，小河是清末辽河水发，泄洪形成的自然沟渠。

小河存在多久，现在已无据可查，据我奶奶说自古就有。当年奶奶就是坐着小船从河东顺江而下，来到沟北。我家附近的村落都以这条无名小河命名，我家在沟北，黎的家在河沿，奶奶的娘家在河东。那时，我经常去黎家蹭饭吃，黎家总有好吃的诱惑我，有晶莹喷香的白米饭，锅包鱼炖倭瓜，腊肉炖白菜粉条等等。黎的奶奶极会做好吃的，她总会在艰难困苦中把生活调理得有滋有味。那是一个干净利索的老太太，头上梳着髻，穿着白色或黑色的褂子，一双小脚穿着自己做的绣花鞋。老太太识文断字，说话温文，很乐于招呼我蹭饭，当然黎的妈妈有些不乐意，但美味当前，我也顾不得许多了。黎的爷爷是教书先生，黎的父亲也是。黎的父亲教我数学课，我只说去黎家做作业，娘就无话了。听黎讲，黎的太爷爷曾在东北军治下的沈阳当差，告老还乡之后，修起高门大院，种着百亩良田。黎的爷爷总共兄弟三个，吃一样的饭，喝一样的小河水，却性格迥异，兴趣爱好差异很大。黎说，三个爷爷都是沿着这条小河，去私塾读书，黎的爷爷听话务实，不论时势如何变迁，踏踏实实地做了一辈子的教书先生。黎的二爷爷头脑聪明活泛，早早参加革命并官职一升再升，中华人民共和国成立前去了台湾。黎的三爷爷有点传奇了，先被土匪绑票，后加入土匪，再被解放军收编，升至团长，后因家庭成分不好，再由团长变成农民。

黎的二爷爷就是从这条小河乘船离开小村的，走遍大半个中国，最后去了台湾。黎的二奶奶深信黎的二爷爷总会坐着小船回来，所以，不论刮风下雨，每日到小河边迎接。寒来暑往，黎的二奶奶有些神志不清了。有一天，她居然说黎的二爷爷回来了，匆匆跑出去迎接，结果一头扎进小河。

从那以后，几乎每年都有生命被小河吞噬，有闹别扭的小媳妇、落榜的书生、失足落水的儿童等，村里人纷纷传说，黎的二奶奶死得冤屈，做了水鬼在找替身。为此，家长严加看管孩子，不准下水。可这招哪能挡得住孩子们对水的热情，孩子们纷纷与家长斗智斗勇，寻找机会偷偷下水嬉戏。

黎的二爷爷最终没能回来，是黎的堂叔捧着骨灰坐飞机回来的。遵照黎二爷爷的遗嘱，要把骨灰撒向家乡的小河。可小河早已不行船并逐渐干涸了，河面越来越窄，垃圾污物越来越多，散发着难闻的气味。黎的堂叔曾想投资疏通河道，可因种种原因没能办成，没办法，黎的堂叔把黎的二爷爷和二奶奶合葬在黎的太爷爷身旁。

为了纪念小河之殇，我曾写一篇《我思念，那故乡的小河》的文章进行悼念。在和黎与红等发小聊天时，也每每以小河之殇为憾。我知道发展总要付出代价的，家乡日新月异的变化，村民生活日益富足美满，而美中不足的是小河却作为祭品被摆上发展的供桌。先是河道变窄，接着河水浑浊，再然后各种垃圾堆积。难道小河就这样殁啦？千百年后，还能不能有人知道，曾有这样一条小河滋润过两岸万亩良田，千家万户的孩子喝着小河水长大，走向四面八方。等疲惫的游子回乡祭祖寻根时，小河早已如抽干乳汁的母体，横陈在故乡发展的路上。到那时，我们这一代人会不会深感愧疚？

忽然有一天，黎打电话告诉我，说家乡的小河活过来了，你快回来看看。我兴奋异常，回去的路上，连方向盘都握不住了。

走近小河，我屏住气息，生怕再看到那条散发恶臭的绿茵茵的臭水沟。嗬！臭气和污浊不见了，久违的小河静静地流淌着，浅浅的，清澈的，能看得见底下的水草，水面上马葫芦开着莹白的花。虽不及当年河面的深度和广度，可总算历经沧桑活过来了。原来，农村开展环境综合整治，经过上下联动，清走垃圾，疏通河道，小河又焕发了生机，不但洁净还连通上了辽河与大海。

没有小河的村是死的，小河如村子的血脉，有了小河，小村就会血脉畅通，生生不息。我站在小河边凝望，过去的时光如小河流水那样一去不复返了，但只要有小河在，我的根就在。

沿着小河一直走，可以走到辽河入海口。辽河水在这里缓缓汇入大海，大海从容接纳辽河，像多少年的老夫妻那样，相亲相融。大海涨潮时，海水倒灌，河水海水相持，几乎是静止的。这时，辽河与大海平静地相拥着，像恋人一样，静静相守。经过河海交汇，小河水如跃入龙门的鲤鱼在大海里畅游了。我掬起一把辽河水，滴洒在心间，深信：这水滴里有我家乡的小河。

# 留 白

每次从常年不见阳光的斗室中抬眼看向窗外，楼群中一片奢侈的绿色正郁郁葱葱。那是一片后花园似的所在，绿树丛丛，芳草茵茵，阡陌纵横，让我从眼睛到身心一片舒畅。

清晨，我在这片绿地里徜徉够了才回到办公室。工作累了，再把身心转移到窗外，等待另一次心旷神怡的降临。长期以来，我习惯在饱满与圆润中寻找缝隙和空闲，让自己专注的思路得到回旋延展。我不知道这样的转圜是不是小时候留下的病根。

我生在农村，在广袤的田野里成长，成天疯跑疯玩，那时周边的空间无限大，可我的脚步却很小，走不出方圆几公里，白白荒废了亲吻大自然的有利契机。

后来，我随全家搬进城里，住在棚户区。低矮的平房，过道只有一米左右，家家户户连理枝一样地紧紧相连，到处都是搭建起来的住处，一不留神，就能踩到人家的床上去。邻里之间，说话喘息声彼此相闻，想要有点隐私什么的，说实话，真的很难。人在如此密集地聚居，你呼出的气还没有放凉就被另一个鼻孔吸进去。没有一处缝隙，人就像翻白在案板上的死鱼，因密集地聚集而窒息。

好在有一条黑黑的、蜿蜒的铁路线横穿棚户区。铁路沿线近距离内，不允许有住家。有且只有那里，杂草得以丛生，人口密度得以降低。我和小伙伴们总算找到玩耍的去处，玩着玩着，玩上了铁路，好几个伙伴因为太投入，付出了血的代价。这时家长总要发出严令，禁止我们再去火车道，我们在斗智斗勇地成功逃脱出来后，继续享受那仅有的一点乐儿。一个小伙伴甚至形象地说自己像铁道游击队，一旦发现家长赶来，一声呼哨，全体作鸟兽散，那气氛颇紧张的。尽管如此，那条铁路沿线仍成为我们的乐园，我们相约去斗蛐蛐，捉蟋蟀，捕蜻蜓，乐子层出不穷，条件虽然艰苦，创意却是无限广阔。

多年以后，我跟人学下围棋，知道下棋要留“眼”的，倘有两个“活眼”，退可守，进可攻，一盘棋便活了。相反，无“眼”，就生不了根，成不了势，让对方一“闭气”，非丢失城池不可。围棋我最终没有学精，因为下棋时，好走神，总想起那密集如下饺子的棚户区。

我上高中的时候，愿意躺在宿舍的床上看星星，那时星星还很大，且钻石般闪烁。身边一对打闹的同学在斗嘴，其中一个说，人生要懂得留白，别做得太满了。“留白”一词就这样石破天惊地冲入我的脑海。做人做事要懂得留白，自己一直视为围棋的“眼”的所在也可以是留白。

“留白”一词指书画艺术创作中为使整个作品画面、章法更为协调精美而有意留下相应的空白，留有想象的空间。从艺术角度上说，留白就是以“空白”为载体进而渲染出美的意境的艺术。可从应用角度上说，留白更多指一种简单、安闲的理念。自从引进留白理念，我就在周边寻找留白的所在，给心灵更多的闲适与自由。

我就读的高中校园不大，一座四层小楼伫立在校门方向，周边围一溜儿红砖瓦房，是我们的教室、宿舍。操场不大，硬硬的砂石路面，画着白色的跑道，掩映在红砖瓦房之中。教学楼前有一个圆圆的转盘样的小池塘，浑浊的水面下长着各种水草。我视这里为校园设计者的留白，时常在这处校园留白里徜徉，有时看青蛙也能看上一个晚自习。就这样，身边各处留白总能带给我意想不到的乐趣。

我就读的大学比较不知名，埋没在稻田与荒草间，不足为外人道也。那里冬天的风是凛冽的，夏天的蚊子也是出名的大且勇猛，但这些都阻挡不了发现校园留白且主动填补留白的校友们。他们在校园与稻田相间的小路上发现乐子，开始频频出入并生生用脚踩出一路平整的道路来，有才的校友们把这条路命名为“情人坝”。此处校园留白不是设计者的巧心思，完全是我的校友们自主研发的，而设计者留下的校园留白都被我可爱的师长们开辟为自留地了。那处“情人坝”我不常去，因为碰上熟悉的情侣终归是不好意思。进而改为我站在宿舍的窗口看着这条坝上的校友们种种爱情表演，心下不免大乐。

我现下的住宅小区是一个老旧小区，只有一个小转盘，里面种些常见的花草，我晚上经常围着转盘散步，同拉磨的驴子一样一圈一圈地转着，小区里的树是不够高的，遮蔽不了什么，这聊胜于无的留白实在小得不能称之为留白，还是称作“眼”比较贴切。

我的房间最怕把空间都排满了，有上不来气的憋闷感，一定要留出一定的空间来，自己制造出一个“眼”，或鲜花或绿植或鱼缸地来装饰它，作为自己转换视线的一个去处。

有几次，去朋友家做客，发现读书的，不读书的，都开辟一个书房，哪怕一本书也不装饰也要开辟出一个闲适的地方。当初想不明白原因，还笑话一些人附庸风雅，如今想来，可能这么做只为有一个独处的自由空间吧。

走在街路上，两边的留白都是用鲜花和绿植装饰的，经过改造的绿化带，树种名贵，芳草萋萋，茂盛浓密的花朵大面积地盛开，并且按照时序花开不败，一直演到雪封冰冻。你的眼光从充满期待到身临其境，一唱三叹回味悠长，从期待孕育到高潮咏叹，再婉转低回，充满惊喜与回顾。

不经意地走在街上，回廊拐角处，藤牵蔓连的繁花盛放，有时是整院玫瑰、蔷薇、刺玫、三角梅，有时紫藤盘架，各色知名、不知名的花朵层层叠叠，仿佛接受检阅的士兵，生怕漏下自己娇羞的面孔。走着走着，不经意一瞥，不知道哪家庭院，或一枝浓艳，或三五成群，最叫绝的紫藤环成月亮门，还有的牵牛花排列成花墙，花朵像一只只小巧的五颜六色的喇叭，迎着太阳在吹奏一支优美的乐曲。

我还有一处心仪的休闲去处，可以称为我的桃花岛。桃花岛是我给它取的名字，因它南北两边被水夹住，东西狭长如带，其状如岛，且岸上多种桃花，花不开的时候，人迹较少，周边较为清静，是红尘世界中难得的修身养性的地方。根据其外在形状和内在意境，故自作主张，为这个位于湿地公园的无名辽河套堤取名桃花岛，名字虽俗气一些，但自问还是比较切合实际的。

桃花岛位于辽河湿地公园辽河套堤上，全长大约五公里，宽约六十米，岛上多植桃花、梨花、迎春、丁香，沿河种植垂柳，靠近湿地公园北岸的一侧则均为自然生长的芦苇、蒲草、水葱等湿地植物。中间一条小径，窄窄的，有着曲径通幽的妙处，轻轻踏上去，有着辽河原堤的松软，亲切并意味深长。春天的桃花岛，桃花绚烂，梨花赛雪，满岛的花蕊异香，经辽河水过滤，贴心润肺，提神醒脑。黄嫩的垂柳，宛如情人的手臂，温柔地拂过面颊。吹面不寒的杨柳清风，送来缕缕静谧与温柔。那时的你，身在桃花岛，宛若身在天堂。有人说，桃花岛的春天是最美的，美在桃花、梨花的竞相斗艳上，那层层叠叠的花瓣，拥挤着，簇拥着，争相竞放，花开得浓烈时，盖满枝条，连缝隙都看不见，整树整树的粉红与梨白，如天边云霞，一眼望不到边。树下满是赏春的游人，手中拿着长枪短炮，不时地嗅嗅花香，拍拍照，有自恋的、矫情的，真是人比花娇，花比人艳，人面花海，混成春天最美的乐章。也有一些闲云野鹤，坐在栈桥上，任垂柳的枝条，敲打着满身红尘，任辽河春风吹去人生烦恼千万。我一直认为我们脚下这个石油化工城缺少一些浪漫和小资情调，盘锦人有着直来直去的豪爽与热情，但缺少婉转温柔、千娇百媚的回眸，桃花岛却是这样一处填补盘锦人某些不足的去处。

等到春风春雨过后，满地厚厚的花瓣，红红白白的，鲜嫩凄艳，让人不忍落足，不由想起谭咏麟吟唱的那首《水中花》，满地满地的落花，已经脱离了生机，但颜色依旧，有着“强要留住一抹红”的无奈与感伤。要说伤春，咱恐怕连入门都算不上，人家林黛玉堪称古今伤春第一人，那一曲凄美的《葬花吟》前无古人，后无来者。不仅如此，要是仅仅如此，林黛玉何称伤春第一人？人家林黛玉还要弄出点行为艺术来凑趣，化上美美的淡妆，穿上轻薄鲜亮的衣服，背着小锄头、小笤帚，弄个小绢袋，唱一阵，哭一阵，再唱一阵，哭一阵，然后再优雅地把花收集起来，一唱三叹地把花葬在花丘。不这样弄出点彩来，那怡红公子贾宝玉怎能看直了眼睛。“未若锦囊收艳骨，一抔净土掩风流。”如此处理一番，不仅是对花尊重，主要是林黛玉以花喻人，怕有朝一日“花落人亡两不知”。这伤春伤得透彻，伤得有境界。

桃花岛的妙处不在春季，而是白雪皑皑的冬季。我晚上去湿地公园锻炼，因为人多、嘈杂，我跨过一座小浮桥，来到这相对安静的去处。因为冬天人少，白雪没有被践踏，一片晶莹的世界，树上枝条挂满雪条，路上铺着厚厚的积雪，踩在脚下松软且吱吱有声，脚下满意的感觉延伸上来，头脑当即做出一个欢喜的判断。两边辽河和辽河套河都结着厚厚的冰，空气凛冽着，经过雪的过滤，那凛冽中透着点点清冽，让我在俗世中缠磨的头脑清醒了好多。往辽河两边看，霓虹闪烁，万家灯火，东西两座桥，在彩灯的映衬下，流光溢彩，头脑里产生《阿房宫赋》里杜牧的感慨，“长桥卧波”，“不霁何虹”。南边辽河左岸，灯火阑珊；北边水榭春城，高楼林立。只有这里，这一时刻，宁静如世外桃源，厚厚的积雪，覆盖原本现实的世界，恍如贾府中的“白雪红梅玻璃世界”的梦幻效果。这小小的套堤，一小块地方，让人内心安静，在这里，你可以放下一切俗世喧嚣。这小小的地界是这座城市的世外桃源，我为这一发现而泛起小小的骄傲，当即为它起名桃花岛。

自从发现了桃花岛，我几乎每天都去那里散步休闲。春日里桃李争妍，梨花飘香，春风剪刀裁出的细叶，嫩黄妩媚，轻抚面颊，青草的甜香慢慢浮动凝聚，汇成漫天春色，演绎得桃花岛明艳动人，百媚千娇。夏天的桃花岛如浓墨重彩的图画，花红得艳丽，叶绿得逼人，树荫下双双对对的情侣，撒下银铃般的笑声，回荡在悠悠辽河水面上。秋天的桃花岛更有意境，天高云淡，明月高悬，与月亮对坐在辽河边，对着滔滔河水，小资般地挥一挥手，咱也可以潇洒地不带走一片云彩。冬天的桃花岛最具有桃花岛的内涵——世外桃源色彩。

桃花岛是我心目中最有意境的留白，想象着乘一叶扁舟，畅游江湖，诗意地居住在那个开满桃花的岛上，春有百花，秋有月，夏有凉风，冬有雪，多美的日子呀！当然，想象成不了现实，可现实总要靠着想象来打发。没有了金庸小说中桃花岛的完美，我们可以在现实中为自己打造一座桃花岛的筋骨来寄托想象。

汹涌的辽河奔流到海，在入海口处开枝散叶成二十一条河流，成为辽河三角洲腹地之奇观。这里多水无山少树，海河互吻，万顷湿地连绵。海水渐退之地，最先长出地表的是碱蓬草，长满碱蓬草的区域被当地人诗意地称作“红海滩”。当海岸线持续渐退，海潮所能浸润的区域也会随之渐缩，故而翅碱蓬在紧撵着大海实现扩张的同时，也会放弃海潮不再能浸到的地方。这些被翅碱蓬陆续放弃的区域，则会被芦苇及时占领，并迅速覆盖为苇塘，性子急的芦苇常常会等不及翅碱蓬退让干净，就竞相抢占进去，以其婷婷的身姿，伫立在嫣红的翅碱蓬里，高低错落，翠绿嫣红，美如人间仙境。

南宋马远的《寒江独钓图》，一幅画中，一叶小舟，一个渔翁在垂钓，整幅画中仅寥寥几丝水纹，而让人感到烟波浩渺，满幅皆水。如此以无胜有的留白，与湿地共处的扁舟、小城异曲同工。那充满无限想象力的留白，让先前小处留白的不如意瞬间化为烟云，这样的意境让人心神陶醉，回味无穷。

留白，顾名思义，就是在作品中留下相应的空白，画如果过满过实，在构图上就失去了灵动与飘逸，显得死气沉沉；而有了留白，便给予观赏者遐想和发挥的空间。留白是一种智慧，也是一种境界。给自己、给他人、给生命、给心灵留白，让人们在逼仄的空间里拥有无穷的想象；大自然的留白让人在感叹鬼斧神工的同时更加膜拜造物主的神奇，或许留白就是生命的一部分，读懂留白，你才能懂得生命的真正意义，才能理解于无言处生成的精彩。

# 父亲的坨子地

## 一

父亲的“坨子地”形成于哪年早已无据可考，最早来到这片坨子地上栖息的是我从山东闯关东来的祖先们。他们为什么选择这块地不得而知，是顺辽河而下，赶上河水泛滥，船为淤积的泥沙所阻，沉积于此，还是冥冥之中，缘分牵引，主动选择？不得而知。日月流转，岁月更替，祖先宗谱记载早已遗失，父亲曾想回山东寻回根脉，因种种原因未能成行。家族有记载的祖辈从我太爷爷开始。太爷爷是地道的庄稼人，后来披上前后都带“勇”字的清军服，抗击过日本侵略者，甲午陆战最后一战就是在这片坨子地打响，太爷爷和他的伙伴们成片倒在这片坨子地上，鲜血染红了这片坨子地。后来从尸体中爬起来的太爷爷埋葬了同伴的尸身，脱了带“勇”字的清兵服，在这片坨子地上扎了根。

每个坨子以聚集人群的喜好命名，比如最早来坨子的人看见三棵树，那这里就叫三棵；如看见一片荒凉，那就叫大荒。也有以姓氏命名的，像张坨子、李坨子等不一而足。每个名字都带有乳名气质且随意的味道。坨子地一般碱性强，高粱、玉米等作物总不如芦苇杂草生得茂盛，好在有河、海里的鱼虾作为补充，饿不死也发不了。于是，聪明的人们发现这里是块“混穷”之地，更多混不下去的穷人涌进来“混穷”。也因为天高地阔、交通闭塞，一些避难的、逃难的落魄人也赶来了。我家祖上因何到此，是“混穷”还是避难，就不得而知了。

那时的辽河下游根本没有像样的堤坝，一到雨季，河水上涨，溢出河床，四处肆虐，人民流离失所，生活困苦。所以我们那里俗称“九河下梢，十年九涝”，一到发水时候，老百姓要吃没吃，要喝没喝，连海天交接处的时称“红草滩”的碱蓬草，都成为人们的救命粮。然而不管怎么困苦，太爷爷一直没离开这片坨子地，他说这片地上有先辈的汗水和同伴的鲜血。太爷爷一共生育有三子二女，两个女儿早早给人做了童养媳，不知生死，三个儿子自小给人扛活，只有爷爷幸运娶到奶奶，得以繁衍后代，大爷爷、二爷爷孤独劳苦一生，一身疾病地老去，埋骨于这片坨子地上。

## 二

奶奶出身富户，无奈官匪横行，家道中落。奶奶的父亲好赌成性，有一天输急眼了，把十七岁的奶奶压上赌桌。我看电影《红高粱》时看到九儿的命运，就会想到奶奶。那年月，这样的事不是电影传奇，现实中也会经常发生。像我奶奶的姐姐，也就是我的大姨奶，被胡子强抢做了姨太太，过了几年穿金戴银、东躲西藏的日子，后来胡子被镇压，大姨奶的精神也出了毛病，不到六十岁就因病亡故。我奶奶没像九儿遇到余占鳌，她幸运地遇到爷爷。当日，爷爷出来给东家买牲口，看见围着一群人，就挤进去看热闹。原来赌徒卖闺女，只要八吊钱。我不知道八吊钱是多少，反正奶奶说钱很少。是奶奶的泪还是无助的眼神打动了爷爷，我不得而知，反正义愤的爷爷用东家买牲口的钱买下奶奶。记忆中，爷爷一直是蔫蔫的老头，居然干出那么血性的事。奶奶骄傲地说，你爷爷的血性还不止这些呢。

因为这，爷爷和太爷给东家白干了一整年，贫病交加的太爷转过年就旧疾复发过世了。奶奶颠着小脚操持着家务，维持一家人的生计。从富足到赤贫，奶奶几乎没花时间来过渡，她脱下绸缎衣裤，换上粗布衣裳，做起贫家媳妇。奶奶和相熟的邻里婶子大娘那里学会浆洗缝补，很快成为主内的行家里手。那看不见希望的愁苦日子，很多人都被官匪和恶劣自然环境压弯了脊梁，纷纷倒毙在路上，奶奶只看眼前，本色以对的性格却帮助她坚强地活下来。奶奶善良不会转圜，家里有一把米，人家来借也要分半把给人家，自己每天野菜拌碴子粥也觉得未来充满希望。没吃没烧的时候，奶奶就自己走出去挖野菜，割苇草，甚至学编苇席、柳条筐来换钱。奶奶不知道什么叫没希望，更不会坐以待毙，她坚信天无绝人之路，没有越不过去的火焰山。奶奶一生生养过十二个子女，因生存环境艰苦，不幸夭折了七个，只有五个幸运地存活下来。那七个孩子都是出生就抽风，抽过之后就咽气。在当地很多新生儿患有先天抽风病，那年月这病很可怕也很流行。奶奶不信邪，她从自身不幸中摸索经验，采用银针放血疗法，治疗这个病。奶奶一根银针，救活无数患儿生命，全坨子尊奶奶为奶奶、老祖奶。奶奶健康硬朗地活到了八十三岁，寿终正寝。

有一天，爷爷和同伴正在地里干活，隐约听见枪声，接着看见几匹马风驰电掣地跑过来，跑到爷爷他们身边，为首的头目受了伤，还挺重的。头目说他们是抗日义勇军，后面有鬼子在追，能不能把他们藏起来。爷爷和同伴犹豫一下，赶跑他们的马，把他们藏在坨子里蒿草最茂盛的地界，然后继续干活。

鬼子兵追到之后，问爷爷他们看见几个人跑过来没有，爷爷他们说看到了，往南跑了。鬼子兵嘀咕几句往南追去。等他们走远了，爷爷为那个头目包扎了伤口，还把家里仅有的一口吃的送给他们。从那以后，爷爷再也没看见那几个人，不知道是战斗牺牲了，还是脱了军装成良民了。

有一天晚上，爷爷忽然梦见那个受伤的义勇军头目，爷爷说，清清楚楚的，就是他。他一见爷爷就笑呵呵地说："这回我来了，就不打算走了。"爷爷马上犯了愁，这兵荒马乱的，哪儿还有吃的给他呀。爷爷正想劝他走，这时候奶奶踢醒爷爷，说肚子疼得厉害，八成要生了。一阵忙乱，叔叔降生了。为了爷爷的梦，奶奶总说，叔叔是那个兵来我家报恩的。

中华人民共和国成立后当地政府曾寻找过掩护义勇军的人，说一个大领导曾在这里参加义勇军打鬼子，被当地三个乡民所救。听说大领导在寻找救命恩人，站出好几十个乡民，都说救过义勇军。这些乡民被领进省城，然后又都被送回来，他们说的都和领导的经历对不上。奶奶说："是不是咱们救的那几个人回来啦？"爷爷连眼皮都没抬，说是不是又有什么关系呢？奶奶闭了嘴。

## 三

中华人民共和国成立前的那几年是胡子闹腾最凶的年月，

父亲记不清是一九四几年的春节前夕了，一个新绺子穷急眼了，居然一夜间抢了全村穷苦人的粮食和家畜。全村人眼看活不成了，爷爷领命代表村民去和胡子谈判，看能否高抬贵手，还回来一些东西。胡子头也是坨子地穷苦人出身，被逼为匪，太爷爷曾和他父亲一起在坨子地流血，他父亲还是我太爷爷收的尸。开始彼此不认识的时候，据说折腾得挺激烈的，土匪头把枪顶在爷爷的脑壳上，同去的一个村民直接吓得尿了裤子。爷爷也吓白了脸，还是坚持把道理说出来。后来胡子头知道爷爷的来路，不但爽快地把东西还回来，还要留下爷爷做二当家。爷爷自然没同意，爷爷说自己胆子小，干不来这个。奶奶总说，胡子也不是最坏的，要不是人家，咱早都饿死了。我不明白奶奶的逻辑，他来抢咱的东西，还回来倒变成他天大的恩德了。

那个胡子头后来被政府收编，因为他没咋祸害百姓，还抗击过日本侵略者，被安置在一个挺好的岗位上工作。“三反五反”时，胡子头打家劫舍的事被翻腾出来，给揪出来枪毙了，连脑袋都打爆了，爷爷奶奶帮着他的孤儿寡妇掩埋他的尸首。

二十世纪七十年代，奶奶晚上出门倒水，回来就病倒了，而且越治越重，后来水米都进不了了，家里连后事都准备了。坨子里遍地萨满大仙，有通灵的高人说奶奶冲撞了那个胡子头，他在阴间过得不好，来索要恩惠了。不管灵不灵，父亲按照高人指教，一通超度，奇怪的是奶奶真的慢慢好起来了。

这个传奇我在奶奶活着的时候亲自验证过。奶奶说，亲眼看到那个胡子头满脸是血站在她面前。他日子过得不好不找自己妻儿，来找奶奶，这个理到哪儿都说不通，是否是善良的奶奶一直记挂着人家的恩惠，产生幻觉也未可知。

## 四

1949年以前，爷爷从一个头脑灵活的地主手里用积攒一辈子的十个大洋买下了最高那一片坨子地，没几天，坨子地归了国营，爷爷有些失落，生活的苦已经让他麻木了，一如既往在这贫瘠的荒地上经营。爷爷这次空前大胆的置地行为是我家族史上首次商业行为，尽管不成功，也算有益尝试。

中华人民共和国成立后，当地政府在这水系纵横、土质碱性的坨子地上大面积种植优质水稻，父亲的坨子地大部分被逐渐推平，依着水系布置，修密集的上下水线，缺水自上水线灌入，水多自下水线放出。只剩下高高冒尖的一部分还高高耸立着。彼时，做了生产队长的父亲想全部铲平坨子，由于爷爷激烈反对而保留下来。不懂其间关窍的我们找到新的乐园，在上下水线之间游泳嬉戏。那上下水线里经常飘着大大小小的红色木板，不识此物的我们驾着这大大小小的木板冲浪。如今，那条家乡的小河依然会记得我们这些驾着棺材板呼啸来去的身影。

农村联产承包责任制后，父亲主动承包这片仅存的坨子地，此时距爷爷买下这块地，整整隔了三十年，那块地变魔术一样回到爷爷手里，他欣喜若狂，喝多酒的爷爷和父亲红着脸兴奋地连夜规划着未来。父亲和爷爷一道，一寸一寸置换坨子地的贫瘠，在地上种着玉米、高粱等耐旱作物，日夜劳作，守着坨子地地下的英魂，就像守着祖祖辈辈的根。一九八二年爷爷带着欣慰离开人世，临走要父亲把他的骨灰撒在坨子地，与太爷一起守卫着这片坨子地。

一九八五年，我和我的兄弟姐妹都陆续到了上高中的年龄，乡下已经没有我读书的学校了，要想继续读书就得离开这片坨子地。父亲经过激烈思想斗争，为了我们受到更好的教育，吃一辈子没文化亏的父亲决定暂时离开坨子地举家迁进城。父亲把祖祖辈辈流过大汗的坨子地转包给下一个承租人，唯一的条件是必须爱这块地。没有文化的父亲进城后卖过菜，卖过米面，卖过豆腐、熟食，最后在闹市开小卖店稳定下来。改革开放初期，仅仅靠勤劳就能致富，父亲慢慢进入角色，融进城市，其间艰辛不是言语能表达的。

父亲老了，却每年回坨子地两趟，一坚持就是二十多年。每每从坨子地回来总要唉声叹气，坨子地已经剩下方圆几里的小地界了，坨子已经被连年施工采土破坏殆尽。年迈的父亲毅然决定重回坨子，用一生的积蓄希冀重新获得坨子承包权，然而，几经交涉却被当地政府拒绝。父亲此生恐怕很难恢复坨子昔日的荣光，可如今火热建设中的坨子，虽不复当年面貌，却也不能不说是它的一次涅槃重生。年迈的父亲庄重立下遗嘱：把自己的骨灰撒向那片坨子地，化作肥料护卫他的坨子地。

# 河海人家

一缕光亮穿透层层雾霭，辽河口的黎明在云蒸霞蔚的模式下开启了。

辽河与渤海在静谧中醒来，水汽在冷空气作用下化作晶莹的霜体平铺在河海之间，颇有些蒹葭苍苍的国画意味。茫茫湿地在冰雪、芦苇、翅碱蓬的掩护下，一直延伸到天际。这样的辽河口黎明冷静肃杀，却最具诗意。

袅袅炊烟和寺庙里明灭香火在空中交汇，卫所关隘的号角响彻天幕的矮云，然后冲破阻滞，散入云霄。懒洋洋的卫所士兵把头伸到冷风中，看看冰层封冻的大地和瑟瑟抖动的芦苇，赶紧把头缩回到卫所里，往灶膛里添一把柴草，然后裹紧棉被缩成一团。在这样静谧与浓黑里，赫赫有名的黑风关就这样大大咧咧地矗立在雾霭晨曦中。

黑风关这个名字我最早是从说唱艺人口中得知的，系薛礼征东途中的一个重要关口。黑风关有着淤泥、瘴气、飞刀和各种阴谋，让唐朝战神薛仁贵费足了脑筋。这样的黑风关令人望而生畏。我曾到黑风关原址实地考察，当年高三丈六尺的城墙只剩一米高的围墙地基，城门、垛口、瓮城、马道、瘴气、狼烟均被良田美宅、和谐富足所取代。当年塞外幽州城（今辽宁省北镇市）和三江阅古城（今辽宁省海城市）之间的战略要地黑风关已成为历史教科书上一个不知名的存在了。然而，黑风关下，不知上演了多少鏖战厮杀，特别是明末清初，黑风关下狼烟四起，人头翻滚，据《辽左见闻录》记载，明末一个法名心月的和尚，在一次战后，曾募集资金雇人捡拾地表骸骨，明明骨已捡完，雨后却复累累遍野。

黑风关外是一个大铁厂和零星的几户人家，散落在旷野里，如点缀在天幕的几颗晨星。颠着小脚的李氏裹紧头上蓝花围巾，猫着腰，蹒跚地行走在寒风里。她要到村头鱼骨寺烧香，祈求男人早日平安归来。伴随着这袅袅升起的第一缕香，饥肠辘辘的李氏也完成一天的开机重启。

天辽地阔，寒风在没有挡头的旷野肆意呼啸，震得头顶的鱼骨寺的大鱼骨架沙沙作响，好像随时会断裂一般。这个被狂风刮到海滩上，比两挂马车还长的大鱼就是上天拯救小村的馈赠。如果没有这条大鱼，或许全村人早都饿死了。靠着这条大鱼，全村人熬过那个饥荒年。感恩戴德的村民保留了鱼骨，做成大梁，建成鱼骨寺，早晚烧香，祭奠那个富有献身精神的鱼神。

李氏跪拜于冰雪地中，祈祷各路神灵保佑。李氏相信世间有神灵，更相信鱼骨寺里的鱼神能保佑自家男人，此次关里之行能顺利换回一家人的口粮。

忽然，一只饿极的黄鼠狼跳到李氏怀里。黄鼠狼是一种极机警的动物，此刻拖着受伤的左腿，用机警的眼睛审慎地盯着李氏。李氏明白，它一定是进村偷鸡时，撞上夹子，受了伤。茫茫湿地，冰雪封路，吃住无着，走投无路，才冒死向人求助。李氏想，黄鼠狼最具灵性，不到万般无奈的时候，不会向人求助。这样恶劣天气，自己如果推开它，它一定会死在荒野，咋说也是一条命啊！李氏怜惜地抱起它，蹒跚地走回去。

李氏把它放到炕头上暖着，替它清洗并包扎了伤口。然后，掏出炕席底下仅有的一把高粱米，熬成粥，喂它多半碗。剩下的小半碗递给眼巴巴看着她的儿子。

到了晚上，黄鼠狼能动了，它转着眼珠子，两个前蹄拱了拱，作了个潦草的揖，然后一溜黄线卷出门去。

天亮时，李氏出门，发现门口放着一条死鱼。她捡起死鱼，生火为儿子做一碗鱼汤。黄昏时，发现门口放着一只死鸡。她知道是那只黄鼠狼在报恩。

此后，它时不时送点东西来。可这也无济于事呀，李氏一家早已断顿，丈夫一直没有音信。李氏只好去洼塘撸草籽，回家挤净盐分，掺上黑高粱面，做成草籽馍馍救急。

那日，李氏正在撸草籽，忽然听到有什么动静。李氏心下一惊，握紧防身的棒槌，四下张望，只见一溜黄线从眼前掠过。原来是它啊，李氏放下心来。这次它有些怪异，并不急于没入草丛，似乎在等着她。李氏好奇走过去，咦，什么也没发现哪。李氏正张望，不知道什么东西咬着她裤腿，她低头一看，这黄鼠狼似乎想表达什么，那表情似乎是叫她在这等着。她选择相信它，耐心地等着，一步也不敢离开。冷风抽干了她身上的热气，她觉得自己快被冻僵了。远处跑过来一只狍子，站在她藏身处，东张西望。李氏想也没想，举起手里的棒槌，狠狠打下去。拖着狍子回家，李氏觉得自己的心从没这样踏实过。

转过年来，辽河泛滥改道，李氏一家搬到小马房。她不管做什么吃的都给那只黄鼠狼留一些，它却从没再出现过。李氏一直相信它已经修炼成仙，能感知她的心情，哪怕家里再没有吃的也放那一把。过年的时候，李氏仍摆了吃食，等着它来享用。还把仅有的一把玉米面撒在地上。天亮时，玉米面上有动物的脚印，李氏相信它一定是来过了。

李氏给它起个响亮的名字黄天保，皇天保佑的意思。把这个名字求人写在牌位上供奉起来。这样一个渔雁先民在战地斗天中发生人与自然的故事，用图腾的方式延续下来。

以后，辽河在入海口不断改道，丰腴的河泥覆盖一层又一层，水进人退，水退人进，河海之间的人们不断地迁徙着。这户人家也在河海之间开枝散叶，三百多年来，生息繁衍，分成很多分支，不管分成多少家多少户，每户都有黄天保的位置。有的分户还有别的际遇，给黄天保添了子女和兄弟姊妹。我家的黄天保就多了个妹妹黄兰英。

黄兰英诞生比黄天保晚了两百多年。我的祖奶奶王氏把它领进家门。那时，我家已经移居到驾掌寺一带。当时，河海之间多覆盖一米左右深的水，人们想要聚集，一定要有坨子、沟、岗、堡子等，有这些才有人群聚集。有了这些，还要有寺庙，寺庙是河海人家的信仰。不拘泥什么坨子、岗子、沟、堡子，河海人家看见什么就是什么，像坨子里、黑坨子、干鱼沟、二界沟、大堡子、小堡子等。寺庙供奉什么神仙也不拘泥，知名、不知名、体制内、体制外，只是供奉各自心里的信仰罢了。

我祖奶奶王氏的娘家以给人看阴宅、做纸活为生，祖奶奶农闲时也做些纸活贴补家用。一日，祖奶奶给人送纸活回来晚了，没等进坨子，天已完全黑下来，祖奶奶心下凄慌，加紧脚步往前奔。风吹苇荡，沙沙作响，祖奶奶阵阵心惊。忽然，祖奶奶发现一双绿莹莹的眼睛盯着自己。祖奶奶头皮发紧，心都提溜起来。不好，碰见花脸狼了。这花脸是一匹狡猾老狼，躲在海边山砬子里，专门袭击晚归行人。花脸狼凶狠狡猾，几次躲过猎人围捕。自己一个小脚妇人，今天碰上它，定然凶多吉少。祖奶奶冷汗湿透衣裳，正焦急间，只见一道黄色闪电扑向花脸狼。祖奶奶不敢细看，转身往家跑，一口气跑回家，几乎昏厥。夜里，祖奶奶清晰地梦见一名女子，自称是我家保家仙的妹妹。祖奶奶醒来，给它取一个水灵灵的名字——黄兰英。

其实，在河海人家中，几乎每户都有一个牌位，写着一位或几位的名字，这就是点水之恩涌泉相报的现代版感恩故事，在文明没开化前，被演绎成岗坨精怪传奇的故事。在人类没有造访之前，这块河海之间的土地是动物的乐园，精灵们的生存空间。随着人类跟进，人与自然之间发生各种传奇故事，这种传奇变成一种担当和承诺传承下去。

我闺蜜家的窦仙来得更传奇，不知道她家哪代先人喝酒晚归，路遇一个大肚子的豆杵子。她先人嫌它碍事，一脚踢至路边。回家躺下，第二天，腰疼不止。经出马仙一看，说冲撞了一路窦仙，请回家供奉，从此灾消病去。以后，她家世代尊窦仙。

我小时候在很多家里看到过这样的牌位。每个牌位后面都是一个个故事，河海人家用家族记事的方式告诉后人有些东西必须传承。河海之间，自由浩荡，河海人家既敬畏也破坏，既自由也传承。

古时候，河海之间人烟稀少，面对广袤的天地缺乏依凭，在大自然面前充满敬畏。后来，随着几次大规模移民，人气逐渐增加，这些人都是穷苦农民，携家来到关外，相互扶持，彼此依赖，由此凝结积累，变成独特的重义之气，可以这样说，整个土地都被义字浸染啦。据《盘山厅志》载“瘠土之民，莫不向义，其盘山之谓乎”，义气成为当地人最为看重，生而为人的品质。这种义气不仅表现在人与人之间，也表现在人与环境之间。辽泽蛮荒时代，我们的渔雁先民改造大自然的能力不足，对外界的认知不科学、不全面，导致对大自然认知是片面性的。因此，一旦发生一些认知范畴外的现象就归咎为精怪神灵，一旦碰巧解决自身的生活难题，遂义气为先，感恩图报，世代追随。

河海人家在长期生活实践中练就一套独特生活法则，即义字为先、感恩图报。对社会有贡献的，口口相传，树碑立传；对一群人有恩的，立庙祭祀，永享香火；对一个人有恩的，世代供奉，永记恩德。辽泽人一言既出驷马难追，辽泽人信守承诺敢于担当，辽泽人初次相逢投心对意就能义结金兰，从此一生不离不弃。辽泽的土匪有别于其他，富有特色。国民党统治时期，河海间盗匪横行，各种绺子、义军充斥其间，此地被称为“匪薮”。可这些穷苦人出身的匪，恪守祖训，从不抢掠家乡的民众，秉持“兔子不吃窝边草”的义气法则。也因为这义字当头，一些绺子得以发展壮大。其中杰出人物东北王张作霖成为近代史无人不知无人不晓的人物。九一八事变后，这些义匪大多投身抗日，用鲜血于历史上铸就一个永恒的“义”字。

# 精怪简史

辽泽属蛮荒之地，地广人稀，自古以来是精怪修行的最佳场地。千百年来，修成法力的精怪不胜枚举，大家不妨想一想，如此多有法力的精怪能不大显神通吗？因此辽泽遍地是精怪传奇故事。有人说，辽泽的精怪故事和浩荡的芦花一样多；也有人说，辽泽的精怪排起队来能排到天边，比连天的红海滩还要壮观。

笔者就是从小听着精怪故事长大的。家里长辈、邻家大人、市井说书的，都在反复讲述林林总总的精怪传奇故事：说某家少女为蛇精所迷，整天不知所以，迷迷瞪瞪地学蛇爬上钻下，自说自话，和空气说得不亦乐乎，最后还怀了蛇胎，生下一窝半人半蛇的怪物；说某地有一只擅长变化的花脸狼，混迹在人的队伍中，出其不意地拍你肩膀，等你一回头，瞬间咬住你的喉咙；说有一个美丽的姑娘，在卫生间看见一个黄衣美男，心生爱慕，被迷了心窍，从此疯魔等，不胜枚举。我确实看见过种种放浪形骸的疯子，行动言语间确实像某类动物。这样的故事信手拈来，能讲上几天几夜，以至于我们这些小孩子瞅谁都像精怪，不敢和陌生人说话，不敢走进芦苇荡深处，怕碰见某个精怪幻化的怪物。

辽泽精怪按种类，可分为动物类和植物类；按体制机制，可分体制内神仙和体制外“草根”。动物类精怪可分三类，一是水里来的精怪，即修行在河海的，如龙、蛇、龟、鱼、虾、蟹等，这样的故事有龙蛇娶亲、龟走人间、鱼跃龙门、虾蟹成精等；二是陆地上的精怪，即修行在陆地上的，如狼、狐、黄鼠狼、蟒、豆杵子等，这样的故事有狐仙、黄仙、窦仙、蟒仙等大显神通；三是天上飞的精怪，如凤凰、鸦、鹤、鹰、蝴蝶等修成法力的故事，如凤凰产蛋、乌鸦变凤凰、蝶变等。植物类精怪顾名思义为植物修炼成精的精怪，如古柳、古槐成精，幻化迷惑人，此类精怪一般不主动祸害人，显出灵圣多为自保，比如你要砍树、移植等危害它的生命，它会做法令你梦见它元神与你对话让你住手，有时也会令你头痛、呕吐等；还有一类植物精怪即本身不是凡体，如某类神仙化身某种草，如芦苇、红海滩的由来等。

体制内的精怪，如犯错神龙、金凤谪落凡尘，游走的散仙像妈祖、八仙，乃至观音菩萨等，游荡人间，遇见不平事，顺路施法普度众生等，这样的传奇故事哪里都有，只不过按照神仙游荡的地域，在辽泽游荡就称辽泽精怪传奇。体制外的精怪多为辽泽特产，大部分为在当地修行的“草根”。此类精怪大多拥有一颗积极向上的心，不安现状想出人头地。如报复心奇重的蛇、狐、黄鼠狼等，此类精怪修行得道，在此大显神通，护佑一方百姓；修行法力弱些的，驰骋人间，快意恩仇，被护佑某一分支种群感念恩德，世世代代相传；还有就是些压根没有法力的精怪，只是机缘巧合，和渔雁先民有了某种沟通，产生了一定的默契，进而被提升为精怪。这类“草根”精怪生在辽泽，长在辽泽，与辽泽人一道在大片的蛮荒中休养生息。人们赋予精怪与辽泽人同样的思维习惯、处事方式，很多辽泽精怪不是真正的有品级、法力高强的神仙，大多是在辽泽生活多年的资深动植物，在人进动植物退的开发建设年代，与建设者产生种种纠葛，进而演变成传奇。说在坨子里，有一对兄弟，大哥下小簿（一种渔具），老弟种地。一天，老弟拎着饭罐扛着锄头去铲地，刚走到地头，把饭罐放下，旁家地里钻出一只狐狸来，慌慌张张地作揖，看样子是求救，老弟见狐狸被追撵得怪可怜的，四下看看，在哪里藏呢？庄稼棵子里也不能遮身哪，他急得直转圈，把饭罐淌洒啦，老弟急中生智，有了，指着饭罐子说："快，快钻进小罐里躲躲吧。"狐狸机灵，一头就钻进小罐里去了。等打围的人追上来，问看没看见狐狸，老弟胡乱指个方向，骗过猎人。事情过后老弟也没多想，可家里莫名多些东西，像鸡呀、鱼呀的，老弟想，一定是这小狐狸报恩的。从那时起，这个家族就有了一个狐仙做保家仙啦。说在二界沟有个本分人，靠给人帮工勉强过活，日子过得凄苦。一天，他见几个孩子正追着打一条小蛇，蛇吓得直哆嗦，眼看要被打死了。他心生恻隐，赶过来，哄走不懂事的孩子，小蛇得救逃命了。当天晚上，他梦见一位白胡须老头，告诉他，家里壁墙里有元宝。他醒来，拆开间壁墙，果然找到一堆金元宝。从此，娶上媳妇，过上了好日子。他相信这个白胡须老人就是他救过的那条小蛇。

毕竟千百年乃至上亿年来，辽泽内部许多秘密不为世人所知，这些动植物久在辽泽，在成长过程中，发生过许许多多动人的故事。它们的故事经过口口相传变成辽泽精怪传奇故事，一代代讲下去。人类从上个世纪初才大举入住辽泽，开发建设。人与动植物精怪传奇的故事与其说是人与自然和谐发展，不如说是人类打怪升级成为辽泽主宰的现实版传奇。

辽泽人多渔耕混做，或渔或耕，没有大的天灾，日子总混得过去。说在蛮荒时代，有个堡子，有几百户人家，每日经营海田、耕田，日子过得安闲。有一天，一户姓包的人家来了两个朋友，说来找包大哥。赶巧了，包大哥出海没在家。包大嫂对客人热情款待，酒呀菜呀摆满一桌子，两个朋友也不客气，一口酒一口菜地吃喝起来，一高兴就喝醉了。包大嫂见朋友喝醉了，就让他们躺在炕上歇着。待了一会儿，孩子回家了，见炕上趴着两只大乌龟，孩子吓得“妈呀”的一声。见过世面的包大嫂心里明白，急忙进屋捏孩子一把说：“乱叫什么呀，别把你两个叔叔闹醒了。”

两只大乌龟喝酒后现出原形，醉在炕头上，可心里明白，耳朵好使，听见包大嫂说的话，心里也有些过意不去，暗自后悔不该多喝两盅，到人间出丑，好在包大嫂并不多见怪，倒也安生。

哪知这时包家来了个串门的媳妇，一挑门帘往炕上一看，缩回脚，面对包嫂取笑说：“哎哟！你看看，软盖的出海了，炕上还趴着两个硬盖的，可够你受的了。”

这媳妇不但当面奚落包嫂子，还在村子里多嘴多舌，很快全村传起包家炕上趴王八的坏话。包嫂子打不得、骂不得，气得直流眼泪。

这两个朋友酒劲儿一过，身又复原，告辞出来，听村里到处传说着包家炕上趴王八的坏话。这两只乌龟气得两眼都瞪圆了。

第二天，响晴的天忽然一声霹雳，发起洪水，把整个村子都卷走了，唯独剩下包大嫂一家，房身旁还留下两截房木，上面写着包大哥的名字。

这样的辽泽精怪离我们很近，和我们一起说话、吃饭、交往，可一旦惹恼了它们，就会如孩子一样生气，大显神通来报复。那个媳妇和村民只因多嘴多舌，引来全村灭顶之灾。

辽泽精怪故事与辽泽人做人做事紧密相关，一般的精怪故事都是用传奇来告诫你什么值得倡导，什么底线要守住。老人们常用神龟报复的故事告诫辽泽后人守住口德，积累福报。佛曰：不可说。许多事看破不说破，是大泽地留给后人的宝贵财富。

在辽泽，精怪遍地。你身边的动植物或许有神通，你的朋友亲人也或为精怪附体，有时连同床共枕的爱人也可能是精怪。说很久以前，二界沟附近的渔村里有一家渔主，有个小姐，人长得漂亮又聪明。沿岸渔家是船船讲，人人夸。有不少渔主家的阔少爷在小姐面前献殷勤，个个都想娶小姐做妻子，他们有的在小姐面前弄篙搬棹，有的私下送海珍宝物，谁知小姐既不欣赏又不接受，原来她早就爱上一个给她家扛活的年轻渔哥，这事谁也没料到。后来，小姐与渔哥情投意合，竟背着父母与这个渔哥在船头上拜了天地。

潮涨潮落，日升月落。很快，这小姐有了身孕，被母亲发觉。渔主见女儿做出这样大逆不道之事，怕丑事宣扬出去败坏家风，于是便背着人，想借在七月十五赏河灯的夜晚，让人把楼船点着，烧死小姐，遮盖丑事。到了七月十五，小姐正站在楼船上赏灯观景，突然被一场大火包围。火势凶猛，逃生无望，她明白了，这是狠心的父母设下的圈套加害她和肚里的孩子。她不惧死，可她惦念那出海的渔哥。她大声呼唤着渔哥的名字。忽然嘭的一声，渔哥从天而降，跳上船头。小姐见渔哥来了，伤心地说："渔哥，你怎么也来了，烧死我一个不算什么，你怎么还为我来送死呢！"渔哥说："你我相爱，要死死在一起，要活活在一块，你闭上双眼，不要睁开，我背你逃出火海。"听罢，小姐双眼一闭，只觉得风在耳边呼呼地响，不一会儿听渔哥说一声："睁眼吧。"睁眼一瞧，双脚落在地上。小姐这才知道这个老实、厚道的渔哥，原来不是凡人。问道："渔哥，你能将我从火烧的船上救出来，到底是个什么人？"渔哥笑笑说："小姐我说出实话，你莫害怕。"小姐点点头，让渔哥说下去。渔哥说："我不是人，是一条得道的青蛇。"这小姐连害怕都没有，就欣然接受这样的现实。你看，人与蛇精过日子，还怀了身孕，都没看出端倪，可见辽泽人与精怪实在密不可分，在这里，许仙和白娘子的故事不足为奇，人与蛇，与其他精怪的故事每天都在上演，也经常发生什么人冲撞某怪、被什么附体需要劳烦出马仙变通梳理，一番打点，之后复原如初。

还有许多奇奇怪怪的人与精怪的传奇故事，不只有人蛇传奇，还有人鱼传奇、人蛤传奇、人蛙传奇、人龟传奇等，我听到过一个渔家男娶鱼女的故事。说从前，海边有一人家，娘俩过日子，儿子叫根全，二十多岁了，还没有说上媳妇。根全没成家，当妈的把这事黑天白日地挂在心上。有一天，根全沿滩去打鱼，贪潮回家晚了，他走着走着，耳听滩边上有人哭，哭得怪伤心的，于是就奔着哭声去了。一边走，一边寻思，天这么黑，是谁在滩边上哭呢？哭长了没人劝，离水边挺近的，这要是寻个短见，不是毁了人吗。很快走近了，定睛一看，是女人。根全问："这位大姐你哭啥，这样伤心，快回家吧！"

女人停住哭声说："我回家，婆婆不给饱饭吃，拿泥汤子当清水，沙粒作小米，去年丈夫出海遭难了，今晚我是叫他快从大海里回来救救我呀！”

根全说：“人已死了，他还怎么能来救你呢？眼下快涨潮了，天晚风硬，别哭坏身子，还是快回家吧。”

女人说：“我跟你实说吧，家说什么也不回了，今晚你要不带我走，我就跳海不活了。”

根全说：“你跟我走，可不中啊，我家穷得叮当响，没有钱，置办不起船，全靠一条破网打鱼为生，你还是回婆家吧！以免婆家惦记呀。”

女人说：“我丢了没人找，死了没人疼，今天算是遇见你这个好心的人啦，我愿意跟你去受穷。”

无奈何，根全把女人领回家，妈妈见儿子领来一个年轻俊俏的媳妇，又高兴又不知是怎么回事，经儿子一说，妈明白了。老太太巴不得有个女孩做伴哪，于是女人就在根全家住下了。媳妇很勤快，又孝敬老人，言语又甜，每天做饭洗衣，抽出空来还帮根全打鱼。日子一长，妈妈和媳妇先说好了，找个好日子，点上一炉香，请请街坊邻居给他们拜了天地。从此，根全和媳妇去打鱼，老妈妈守家望门，日子过得太平欢乐。

天长日久，当妈的心细，有时夜里，根全赶潮出海，把媳妇留下跟妈做伴，老人觉少，突然醒来一看睡着的媳妇屋里不掌灯身子亮，一动弹浑身一层层直闪光。又发觉媳妇常喝水，一缸水不几时就喝干了。心里好奇怪，当妈的肚子里有话存不下，慢慢地把这事跟儿子学说了。有一天，夜里睡觉，根全装睡，半夜时分睁眼一看，果真不假，媳妇身上发亮闪光，心里不由得一怔，但也没惊慌，因为媳妇平日里待他好，他怎么也不能想到他的媳妇是什么水怪海妖。为了弄清他媳妇到底是什么，根全索性不躺着了，轻手轻脚地起床，也没惊动媳妇，把媳妇穿的衣服，用网一裹出门去了。出去也没打鱼，只是在滩上转到天亮才赶回来，一进家，见媳妇还没起炕，进屋一瞅，没有动静，揭开被窝一看，里面躺的哪里是他媳妇，原来是一条大红鲤鱼，吧唧吧唧掀动着嘴，眼里滚下一串串泪珠，像是说什么，但又听不清。根全从网里取出平时他媳妇穿的粉纱衣，往红鲤鱼身上一披，立时又变成了他的媳妇。就这样，一人一鱼快乐地过起日子了。

听到这样的故事我总好奇精怪身上的动物习性怎么克服，人与动物之间一些具体障碍如何克服呢。我母亲曾给我讲过一个蛤蟆的故事。说一个妇女不知从哪里来，过辽泽投亲不遇，嫁给一个当地渔哥，日子过得平安喜乐。转过年来，妻子怀身孕，十月怀胎，一朝分娩，生出两个蛤蟆。夫家以为她生了妖怪，遂狠心休了她。这妇女独自带着蛤蟆儿子艰难度日。蛤蟆儿子长大了，妇女怕儿子出来被车马踩着，带着两个蛤蟆儿子躲在辽泽深处艰难度日。当然是吃糠咽菜，什么苦都吃过了。一天，两个儿子脱了蛤蟆皮变成英俊少年，展示出种种作为精怪的神通。后来两个儿子出了辽泽奔京城，做一番保家卫国的大事业，还娶了皇帝的女儿，一对双胞胎公主，过起了凡人羡慕的富贵生活。

辽泽地产的精怪大多羡慕人间生活，把与人间俊男美女结成夫妻，享受人间荣华富贵作为修行目标，实现由精怪到人的完美转变。辽泽精怪多，多到让你以为精怪就在你身边，每个人都可能是精怪。辽泽精怪种类多，多到你想象不到，身边万物皆能修行成精的程度。辽泽精怪还有个显著特点，即精怪人性化，有辽泽人的特点。我在看一些古代精怪传奇故事时，感觉那些精怪动物性特征明显，如狐仙貌美可狐臭、性淫，鱼精懒惰、痴肥等等，与人相处中，其动物习性没法克服。可辽泽精怪却在人情人性方面，比起人来毫不逊色，尤其符合辽泽人重诺守信的义字精神。如你救我一命，我保你世世代代；你疗我一饥，我供你万饱；我君子一诺，世代相守等等，这些辽泽精怪身上更多的是辽泽人自己的投影，辽泽人通过精怪传奇故事告诉世人开疆拓土的种种艰辛，也通过精怪故事告诉后代守成者要坚守的规矩底线。

辽泽精怪大多体现辽泽人在天高云阔的自然环境中养成的浩荡自由的侠义之风，在与天斗、与地斗的开疆拓土中练就的开拓进取之志，在面对恶劣自然环境时抱团取暖团结协作中养成的信守承诺，义薄云天的义字精神。可以这样说，每个精怪都承载着辽泽人千百年来凝结的智慧与汗水，是辽泽上空永恒的星辰。有多少精怪就有多少颗星，这满天的星斗是辽泽精怪在诉说人类打怪升级的真实版传奇。

# 辽河浪跷

在辽河口，人们把高跷秧歌称为浪跷。所谓浪跷就是以“扭、浪、逗、相”著称的高跷秧歌，在我们那里，浪跷扭的好的人和明星一样。

村里每每有红白喜事，俗称“办事情”，尤其离不开浪跷，扭得越浪、越欢，越显得“事情”办得圆满。每年春节从初一到十五，村村都有浪跷表演，大人孩子跟着浪跷队看，大人看跷功、唱腔，看的是功夫和底蕴；孩子看浪、欢、相，看的是热闹和欢畅。

浪跷人物扮相借鉴戏曲的“四梁四柱”，分“生”“旦”“丑”，“生”即老生，像《打渔杀家》里的萧恩；“旦”泛指“上装”，俗称“大妞”，像《杨八姐游春》里的杨八姐。我最喜欢看的是“丑”，尤其喜欢画红脸蛋，点黑痦子，拿着大烟袋的“老蒯”，一般男扮女，胸上塞气球，一扭一唱，装出一副老迈年高的身段，配上一副说长道短、保媒拉线的嘴，最能让人开怀大笑。还有头顶系一长辫的“辫丑”，脸上画三块瓦，两腮上涂红，大襟上衣长水袖，下穿长彩裤，内穿红肚兜，一副“大傻”形象，往往越是这样扮相的人，跷功、跷技最高，也最有看头。随着鼓点在跷上自如舞蹈，与搭档的旦、生一起扭、逗、浪，辅以歌、舞、戏、杂表演，鼓点密集，唢呐嘹亮，似乎天地间只剩这酣畅淋漓的欢与浪啦。我一直以为辽河浪跷是天地间最放浪的舞蹈，表演者浑然忘我，看浪跷的如醉如痴。

我小时候经常追逐浪跷队看表演，一看就是大半天，有时甚至忘了吃饭和手里的活计。我在十一岁左右的时候，有了第一次上跷的经验。那天浪跷队要去农场会演，缺几个垫场的龙套，我和小伙伴青岩被扮上行头，绑上跷腿，充作人头。说也奇怪，我们仿佛天生秉持了浪跷人的传承，第一次上跷，练了几圈，就能把步走得差不多。站在跷上，好像直接站在舞台上，我第一次产生要表演的欲望。松软的黑土地，平展得连个坑包都没有，走起来真得劲。我和青岩一起试水，在场边站脚助威，压住阵脚。那天，我们第一次见识了什么叫小翻儿、半个翻身、“颠跷”“大飞人”“大飞轮”“孔雀开屏”“拿大顶”等绝活儿，惊得目瞪口呆，青岩几乎一下子就爱上浪跷，从此后跟着浪跷队走南闯北再也没有离开。

后来，我离乡读书，青岩留下来学习浪跷技艺。我放假回乡时，青岩已经是技艺娴熟的浪跷艺人啦。他又先后寻访名师学习浪跷，几年的工夫，技艺大为长进，他的颠跷功夫堪称一绝，是队里响当当的台柱子。再后来，生产队解散了，人们忙着发家致富，浪跷队没有演出机会，没有费用维系，队员七零八落，开始自寻出路。青岩和几个同伴宁可自己贴钱也没有离开。村里一些发了财的人开始怪话连篇，认为青岩不务正业，做什么没有前途的高跷艺人。媳妇孩子也埋怨青岩不挣钱还倒贴钱，青岩咬着牙承受下来，最困难时，他曾找我帮助联系活儿。那时的青岩黑瘦黑瘦的，满嘴的大泡，舞台上展示绝活的风采已然不见，头低得很低很低，花白的头发显得很扎眼。

前几年，青岩和他的浪跷队前景终于柳暗花明，演出多起来，资金也解决了，还先后入选省、国家非物质文化遗产名录。表演形式与时俱进，完成由民间至赛场再到舞台的转变，更把杂技和武术动作融入浪跷，带给人绝大的视觉冲击力。辽河浪跷在国内外斩金夺银，还一举摘得民间文艺山花奖。浪跷从小打小闹，走向民间艺术的最高殿堂。

我一直觉得奇怪，我的家乡是退海湿地，河海交融，80%的地面覆盖着水、芦苇、蒲草、翅碱蓬，素来为平民“混穷”之地，艰难困苦中，人们为什么有这样深的浪跷情节？当年追逐鱼虾洄游的陆雁、水雁，闯关东的先民们，在坨子地上战天斗地，还要与遍地的盗匪周旋，如此劳作了一天，为什么有心情做如此欢畅的表达？

原来，这里有一个美丽的传说。很早以前，二界沟住着不少户人家。这里是靠海傍滩的一条沟，海滩可挖螺蛤，出海可以捕捞鱼虾，日子过得富足安乐。不料，祸从天降，不知为什么，渔民出海捞不上鱼虾，滩涂上采不着螺蛤。渔民生活无着，纷纷拖儿带女远走他乡。有户刘姓母子相依为命，刘母重病不能下炕，儿子小牛走不成，只好苦守在这苦海边上，靠着啃草根树皮度日。转眼到了年三十，娘俩把唯一一点仓底粮食拿出来，做了一顿年夜饭，吃完，娘俩相对无言，愁来年的日子怎么过。小牛心内惆怅，可到底是年轻人，心想反正过年了，来年再想来年的事，当下不妨乐和乐和。于是，拿起往年欢庆时用的小喇叭，“嘟嘟哒，嘟嘟哒”地吹起来。小牛的喇叭吹得在村子里一等一的好，行云流水，动听悠扬。正吹得高兴，忽然听到有人敲门，小牛惊讶，大年三十晚上怎会有人串门呢？心里纳闷，但又不能不开门。刚打开门，一下子进来十几个男男女女，穿着奇装异服，又腥气扑鼻，这些人自称是小牛的邻居，听喇叭声欢快，来凑热闹。他们也不忸怩，随着喇叭声扭呀、跳哇。小牛边吹喇叭，边瞅一眼窗户纸，窗纸沙沙作响，纸上全是洞洞，露出白的、红的、绿的眼睛。小牛心里怕呀，这哪里是人哪，都指不定是什么虾精海怪呢。小牛一咬牙，心想害怕也没用，闭着眼睛吹喇叭，一直热闹到天亮。这些人出门奔向海滩，一转眼，都不见了。小刘跟出来，看门外留着一筐鲜虾，一筐活鱼。母子乐坏了，这个年可算熬过来了。转过年出海，头网好，后网更好，捞得鱼虾满仓，娘俩的日子过得舒心。一转眼又到了年三十，小牛又吹起欢快的喇叭，去年的那些精怪又来了，欢欢乐乐地闹了一宿。来年又是一个丰收年。人们逐渐摸出规律了，年年扭秧歌，年年好海田。村里逃荒的渔民又陆续回来了，捕鱼虾、踩螺蛤，一片繁荣景象。村里人认为海田兴盛跟扭秧歌有关，从此，逢年过节都要扭秧歌，渐成一种习俗。

辽泽人家热衷于扭秧歌，把生产、生活中积聚的苦与累，集中释放出来，这样的交融与汇集让不一样的人群找到相同的喜庆热烈的方式来宣泄、倾诉、表达。到了清康熙年间，上口子村名叫兰小二的青年，把秧歌和民间高跷结合起来并发扬光大。辽河浪跷迎来脱胎换骨的变化。

兰小二的祖上从关内来上口子“拉杆”（唱小戏），在家庭的熏陶下，兰小二年少时便学会唱很多出小戏。当时民间高跷在关内兴起，活跃市井。于是兰小二外出学艺，把高跷的表演形式和技法融会贯通，把当地百姓耳熟能详、喜闻乐见的小戏改成高跷的表演形式，让观众耳目一新。当时，兰小二和他的兰家班红遍“河东水西”。兰小二的高跷秧歌为人们找到了一个共同宣泄喜庆情绪的出口，人们热爱这酣畅淋漓的表达方式。后来，经过几代艺人苦心孤诣传承发展，又融入了要孩儿、弋弋腔、喇叭戏、二人转等民间艺术，高跷秧歌变身辽河浪跷，形成了独特的粗犷、火爆、喜庆风格，再经过打磨、传承、发展，这一艺术形式广受欢迎，享有盛誉，成为名副其实的“辽南一枝花”。

汹涌的辽河从发源地迤逦而来，临近入海口，水系纵横，地势低洼，河面宽展，时常溢出的辽河水漫过坨子，淹没大地，给人们生产生活带来巨大的灾难，其裹挟的河泥也滋养了辽河两岸贫瘠的土地。等河水褪去，人们回到家园收拾耕具、网具，再建家园。如此凄风苦雨，流离失所，等到生活刚刚有点起色，官府来了、盗匪来了、殖民者来了，苦难深重的人们渐渐把积累起来的不平之气，一股脑儿地用艺术的方式表达出来，而浪跷正好迎合了人们酣畅淋漓的发泄心态。辽河浪跷就是在这样的荒滩上，顽强成长，汲取营养，兼收并蓄，终于成为独树一帜的艺术奇葩。艺术离不开民俗的土壤，也可以说是苦难成就了辽河浪跷。

# 我的毛边月亮

季羡林老先生说，每个人都有个故乡，人人的故乡都有个月亮。人人都爱自己故乡的月亮。我故乡的月亮又大又圆，总是微微带着月晕，仿佛水墨丹青晕染开来的样子。从我小孩子的眼光看来，月亮似乎总是带着毛边。当时不明白，也不知道别处的月亮什么样，之后想来，必是故乡小村多水，水汽升腾，让空气湿润饱满，云朵和空气中蕴含水汽，进而使月亮看着好像带着毛边。

毛边月亮不知从哪天开始长在我的心里，不离不弃。每当夜幕降临，她似乎上不得台面的样子，害羞地升在坑塘上空，周边坑塘里都有一个月亮，神奇的是水里的月亮也都带着毛边。我摸鱼剜菜时，她温柔注视着我，我搅乱满塘的水，她金子般地散开，再聚拢，依然圆润如初。我坑塘戏水，总是下意识地寻找她。时常猛一抬头，正好与她对视，不禁莞尔。最神奇的是村子里并排的坑塘里，有一对月亮，再加上天上的月亮，正好三月争辉，景致美好得无以复加。月亮好像总是围着小村子转，一副不离不弃，生死相依的样子。刚会跑路时，和小伙伴打赌，一个往东，一个往西，都说月亮跟着自己走，彼此说服不了对方，更是再折回头，一个往南一个往北，然后再争辩月亮跟着谁，争得面红耳赤，不欢而散。这似乎没脱离朦胧的没长大的月亮不知不觉住在我的心里，不管岁月如何变迁，我的毛边月亮一直长在我的心里。

长大一点，明白人们赋予月亮更多的含义，而描写月亮的精品诗文更是车载斗量。这时的毛边月亮对于我来说，不仅是温柔的注视和陪伴，还有更深层次的寓意和神秘。满月的夜晚，母亲总是点燃艾草，在院子里编织苇席，一会儿就织成一大片，苇席在母亲的身下延展着，经纬有度的苇子在母亲的巧手中上下翻腾飞跃，这时的母亲仿佛坐在雪白的云朵上，在盈盈清波下，乘着织女的彩锦，一路飞升成仙。

母亲是个有本事把乏味的生活过成传奇的女子。每年的七夕，母亲总会摆上瓜果祭品，在弯弯的月亮下乞巧。母亲的乞巧仪式一丝不苟，就像她对生活细节的要求一样。我母亲是一个极手巧的女子，每次都能极顺利地办到那个极难的乞巧任务，偏偏我的手指头笨得像棒槌，给我一根特大号的针，也总是完不成乞巧任务。我一直没有学会母亲刺绣和绘画的手艺，也许这个遗传密码在我出生时就没有打开。我第一次埋怨毛边月亮，心想或许她不带毛边，能更亮一些，我就能顺利穿那个针眼了。以后再过七夕，碰巧遇到没带毛边的月亮，我依然功败垂成，始终没有变成一个巧手女子。无关月亮，只关自己。

我一直相信嫦娥就住在我的毛边月亮里。桂树、吴刚和小白兔都住在大而明亮的广寒宫里。在那里，嫦娥没有碧海青天夜夜心的孤寂，也没有舒起广袖排遣寂寞，而是坐在桂树下，抱着小白兔，和吴刚亲切地聊天，一幅和谐美丽的生活图景。这图景的入口就是我村里的毛边月亮。

走出小村后，不论走在哪里，我一直抬头看月亮。三十多年匆匆而过，我见识过各种各样的月亮。西湖十景之中的平湖秋月、三潭印月我都看过，在人山人海之中，那大而圆的月亮现身苍穹，美则美矣，终不是自家月亮那样亲切。也看过“大漠孤烟直”上空的月亮，美得超级震撼，一番欣喜感叹之后，却没有如毛边月亮那样住在我的心里。几年前，在泰山看日出，后半夜即起上山，一番急匆匆赶路，结果还是错过日出，倒是看了半宿泰山的月亮，青光盈盈，对我颇为亲切，让我升起对家乡毛边月亮的思念情怀。然而，纵然感觉相通，到底不是长在心里的那弯明月。

为了寻找我的毛边月亮，我多次回到故乡，故乡的坑塘芦苇早已不见踪迹，街路笔直，房屋成行，街灯闪烁，街路两边杨柳依依，家家户户院门清雅，房前屋后藤萝盘架，花草清香，一派崭新的社会主义新农村景象。月亮依然清波盈盈，就是再也不带毛边。我的毛边月亮自从我离开故乡就抛弃了我，不知道去哪里寻乐去了。我以为是水汽不够的缘故，特意去了红滩苇海的湿地，长久地等待，一直等到金乌归巢，明月升空。周遭静谧，一轮皓月当空，在广阔的天地间，人显得渺小如滩上一株翅碱蓬。这时的月亮博爱施九州，全球仰望，远不是独独照我的毛边月亮。

如今很多文人雅士感叹，乡关何处？是的，乡愁就如同不能再次踏入同一条河流的水，不知不觉地流走了。不管你怎样追寻，得到的始终如吃到嘴里的怪味豆一样，苦涩难言。好在我的乡愁虽已远去，却怜我思乡凄苦，独独在我心里留下一弯没长大的毛边月亮。

# 水墨故乡行

当第一场冬雪铺上平展的田畴，小村的冬便如约而至了。

踏着积雪，沿着笔直乡路的指引，小村如徐徐展开的水墨画，缓缓地向你展现古韵幽香的美。

路边成行的景观树，叶片已经落尽，没有树叶遮掩的大大小小的枝杈，像赤诚相见的男女，表情复杂地立在那里，哪怕只有微风，单薄的树枝就抖得厉害，不时发出尖厉的呼啸，像被北风抽疼了发出的呻吟。曾经姹紫嫣红的花花草草，早已收敛颜色，只剩下光裸的身子，在风的引逗下，诉说着曾经的艳丽与喧闹。只有雪花懂得如今的树枝和花草最需要什么，一场纷飞的雪花洒落之后，万千光秃秃的、高高低低的枝杈一下子就丰满起来，枝杈上边是雪，雪没法把它们完全包裹，部分青黑的部分仍若隐若现，白与黑和谐地融为一体。一阵风过来，摇落的雪花落在脖颈上，一阵刺骨的冰凉让你瞬间提振精神。

渐渐地，小村的轮廓近了，在苍茫的天地间，白雪覆盖的房舍田宅，如淡墨勾勒的一叶扁舟，稳稳地停靠在广袤的天地间，站在村口，四顾苍茫，蓦然产生独钓寒江的苍然与豪壮。在村口的位置，正好可以尽观整幅画卷。百十户人家的小村，整齐地列成队列，一样的线条，和谐的配置，流畅的美感，连最有名的画家都描摹不出这样美的画面。画面上北方乡村特有的坐北朝南，尖顶瓦房，勾勒出地域特色。村前小桥横卧，小河蜿蜒，院落围墙，入户桥涵，有序排列，魅力乡村的韵味在雪的帮助下，得到最佳发挥。村后沃野千里，直通天际，雪野与蓝天交汇在视野穷尽处，把这幅水墨画引入无穷的意境。在如今的城市，你几乎寻不到白雪，雪花在落地的同时就被破坏掉了，只剩黑黑的一片污浊，让你刚刚滋生赏雪的心情，即饱受摧残，遂转而坏掉。在小村，你可以尽情饱览雪花的晶莹和洁白，光欣赏还不够，你可以自由地与它亲昵，也可以写几句歪诗尽情抒怀，还可以在它的怀抱放肆地打滚，肆意地踩踏，学着儿时的样子，重重跺脚，听它咯吱咯吱的音乐再度响起来，宛如天籁。

走进一户人家，房舍俨然，庭院整齐，沟渠蜿蜒，树木林立。前院植果树，后院围篱笆，葡萄架下摆放小方桌，留待主人烹茶待客，从雪间缝隙漏下的阳光，斑驳地映照着景物，院落在雪的作用下，闪着七彩光芒。院内事物格外整齐晶莹，露出的部分与覆盖的部分，白黑相间，宛如神奇细腻的笔触，描摹着这户幸福人家的眉目。那横横竖竖的线条，粗细得当，虚实掩映，巧夺天工。你口渴，可以烹一壶雪茶，即用晶莹、没污染的雪水烹制的一壶新茶，让你喝出妙玉的感觉。你饿了，可以来一顿丰盛的农家饭菜；你累了，可以躺在温热的炕头烙平腰身。你休息好了，沿着小村走一走，人在画中行，而画在人的经营下，逐渐完美。

小村的冬是静谧的，曾经凛冽的风经过雪的过滤，显得格外安静与清新。相比于春天的鲜活，夏天的泼辣，秋天的斑斓，冬是内敛的、恬静的。没有了花的喧嚷、虫的聒噪、雷的轰鸣，这里的冬是单调，甚至是枯燥的，就如水墨画中大片的留白，虽天高云阔，却又有独特的韵味在其中，这独特的韵味就是文化。

这幅延续几百年的水墨画，在我的童年和现在，所赋予的内涵和精髓是不一样的。儿时的冬是沉寂的、辽阔的、原生态的，那时的水墨画是粗糙画就的，远没有现在精妙细腻，内涵和意境也没有如此深远。那时，为生活奔波的大人总是沉默忙碌的。孩子们却是活泼明快的，孩子的乐趣都在村子前面的小河上，等气温低到一定程度，水面上的冰层可以支撑住孩子的身体的时候，小河热闹起来，孩子像没有翅膀的飞鸟在冰面驰骋，各种冰嬉一拥而上，稚嫩的欢呼打破冬的安宁。我那时就独独缺少一种呼啸来去自由的冰车，看别的孩子奔来呼去，感觉那叫一个羡慕。前几天，循着儿时的乐趣，租了冰车试滑，却因笨拙体衰，再没有当初风驰电掣的能耐。

孩子们另一个乐趣在春节，盼望已久的新衣裳和好吃喝把积攒一年的希望都压上了。那年猪的香味飘过四十载，到现在，还觉得唇齿留香。放上半锅的肉，那种溜达黑猪的肉，要多多的，八印锅的一半。肉要肥瘦相间的，太肥就腻，太瘦则柴，配上切得细细的酸菜，颤巍巍的新灌的血肠。那种好吃、那种香足够回味一年。

那时，只有过年才有望穿上新衣服，但仅仅是有希望而已。僧多粥少，多数年头是指望不上的。父母总是在仅有的资源里坚持分配平衡，一旦过年穿上新衣，那种幸福和满足，迄今为止，还没法替代。

村里人对文化是充满敬畏的，对所有需要帮助的知识分子，善良的村民都给予力所能及的优待，不知道是受他们影响，还是祖上基因使然，村人尊师重教，敬畏文化。那时，一家出一个大学生是全村人的荣耀，要举村相庆，奔走相告的。大人们期盼孩子有文化、有出息，多鼓励孩子读书学文。那时的春联远没有像现在这样普及便利，家家户户的春联都是读书的孩子写。到年底，抠搜一年的父母会大方地买来红纸和笔墨，由着孩子涂鸦，把稚嫩的笔迹，贴上门楣，不时幸福地回望着。如果春联被风吹坏了，大人会用饭粒粘上。我记得有一户人家，家里常年吃高粱米饭，高粱米黏度不够，为了粘上扯破的春联，特意用仅有的一把米，熬成粥，粘上春联。那时春天，家家户户就算时日久远，雨打风吹只剩下半幅春联，也舍不得摘掉。文化的种子可能就这样悄无声息地滋长了。

如今的村容村貌与过去相比不可同日而语，而且功能完善生活便捷，老百姓的生活质量提升了，物质生活便利了，对文化生活开始有了更高的要求。人们不再满足大秧歌、广场舞等业余文化活动，觉得送文化下乡也不解渴了。于是，从“送文化”到“种文化”，从“个人乐”到“大家乐”，从“出作品”到“创精品”，开始慢慢转化。而“种文化”则成为绘就水墨新画卷的崭新起点。

所说的“种文化”就是群众像种庄稼一样，普遍、经常性地开展自娱自乐的文化体育活动，把文化的“种子”“种”入乡村大地，让它生根、发芽、开花、结果。这一活动体现了这样一种理念：农民从文化的旁观者变为参与者，农民既是观众，又是演员，既是文化产品的生产者，又是文化产品的享受者，因而充分调动起农民参与文化建设的积极性。可喜的是我在一些宜居乡村工作和实践中看到文化的种子在发芽成长。我在一个村子写写画画的现场，看到这个生动的场面。拿惯锄头满是老茧的双手正娴熟地运笔写画，那写广播稿的秀才正润色自己的新诗，房间里热腾腾的文化味儿让人心潮澎湃。一位基层文联干部感慨地说："可别小看了唱唱跳跳、写写画画，搞多了，搞活了，村里牌桌就不见了，稀奇古怪的事就少了，人心慢慢就齐了，大家的幸福指数也就上去了。"是的，人心是最大的政治，文化如同阳光与清风，能够启迪思想、温润心灵、陶冶情操，能够扫除颓废萎靡之风，能够激发团结奋进之志。一个地方最好的风景，就是文化的绽放，文化能带给如画乡村最美的精神追求。初学画的人往往只求形似，而意境却与大师作品相去甚远，而美丽乡村的新画卷的描绘更要铸魂立意，在思想境界、艺术境界上站得更高更远。

水墨水墨，水的半阕生命是墨的灵魂。携水墨意韵镌于纸上，留淡静闲雅于心间。故乡的冬，这幅生动隽永的水墨画，默默隽永了三百余年，相信它在大家巧笔慧心的孕育下，定会成为不朽的传世名作。到那时，再回村，与友人，渔樵耕读，把酒话桑麻。

# 我成长的五色锦

在盘锦市刚刚领到出生证的时候，我离开学校投入到建设新盘锦的洪流中。那时的盘锦还没有高楼，只是满地泥泞，一片空旷。我和一群热血青年，在这片碱地上开发建设。我们喝的是漂白粉味道的碱水，住的是低矮的平房，一年四季吹着凛冽的风。冬天，我的手冻得干裂了，夏天，长着尖嘴的大蚊子飞舞得猎猎有声。但这些自然条件的恶劣阻挡不了我们这些创业者的脚步。在一片热火朝天中，盘锦也在一天一变，迅速发展。周围都在破土动工，一派欣欣向荣，也带着乌烟瘴气。新盘锦既原始也现代，既生态也破坏。没有文化积淀，也没有明显的抄袭，各种建筑风格堆砌在一起，既矛盾也兼容。一切都来不及消化吸收，只是迅速地长高、长大。

在这片火热与沸腾中，我和伙伴们迅速成长成熟。我们在街路上嬉笑打闹，在小摊上分吃一个糖葫芦，在寒风里抢着吃冒着热气的肉串。我们共同抢一本书看，我们为争一个观点打打闹闹。我们比谁都关注盘锦的第一次，我们去新落成的影院看首场电影，去新剪彩的公园初游，去新建成的马路上压压等，我们记住了无数盘锦的第一次，我们的生命也和这个城市一起成长。

后来，我们都相继走入自己的生活，和城市一样进入相对平稳的中年期，我们也从各自的岗位龙套发展为领衔主演。初次担纲的我们生怕自己努力不够，辜负这个时代；生怕自己能力不够，耽误事业发展，我们细致描画、耐心呵护；我们兢兢业业、如履薄冰；我们激情满怀、永不言败；我们攻坚克难、敢为人先。我们比任何人都热爱这个城市，因为这个城市与我们成长息息相关；我们比任何人都努力，因为这个城市与我们血脉相连。一有时间，我们还会相携走遍这个城市的角角落落，我们赞美、我们批评；我们欣喜、我们失落；我们欢畅、我们彷徨；我们热爱，我们伤痛、失望。我们用锦绣之城、一盘锦绣、魅力五色锦这样的溢美之词表达热爱，也用粗俗、浅薄、张狂、暴发户这样贬损之词表达痛切与关注，但我个人还是比较喜欢用“五色锦”这个词概括城市的地域特色。绿色的芦苇一望无际，秋季芦花飘飘，特有的清香飘满城市；红色的碱蓬草如城市嫣红的胎记，令这个城市更加出挑；黄色的稻米举世闻名，河海交融孕育出的碱地大米饱满莹白，吃了唇齿留香；蓝色的海洋为渔雁先民提供初始养分，也为盘锦再次扬帆起航提供便利；黑色的石油翻滚着黑金巨浪，石油之城是这个城市永不褪色的标签。

随着这个城市的发展和成长，我把创作的目光更多投注到它身上，远在上个世纪末，近在几天前，关于城市发展的文章占我全部作品三分之一还多，且多次获奖，特别是在“她城记”和“城市让生活更美好”等全国城市征文中获过奖项。智慧的碰撞加上生动的实践，产生和谐的生态盘锦；现代文明与原生文明共生，勾画出一幅优美的画卷。独自走在日渐散发独特魅力的城市，我深深地感到与它血脉相连。我和它一起走过激情洋溢的青葱岁月，我和它一起成长、成熟，虽然我们都付出了一定的代价。

盘锦，这张见证我青春乖张的魅力五色锦，充满无穷的朝气与活力，我在它的怀抱里，已经成长为一张闪亮的五色彩锦。人到中年，我却产生了从没有过的自信，既然我们是一张锦，还怕没人锦上添花？

# 前进街32号

## 一

前进街是一条老街，只有两车道宽，全长只有二里地左右，街的入口和出口接着渤海路和育红路这两条主路。也就是说连接这两条主路就是这样一条狭窄的羊肠小街。行人、车流蚂蚁般密集地一会儿行，一会儿停，像受阻的河流一样，汇集、汇集，再迂回、迂回，然后奔向更广阔的天地。站在楼上看，小街像高楼群里裂开的缝隙，人群车流如蚂蚁搬家般的运转，不小心掉入这缝隙里，很快被城市吞噬掉。

前进街两侧楼不高，且都是老旧楼，一般一楼做生意，楼上住人家。前进街的门牌比较特别，没有一户是挨着的，5号然后是18号，6号挨着9号，1号在街中间，2号却在街西，32号本来应在街西，结果在街东。不知道当初派门牌号的仁兄不识数还是开玩笑，反正乱得很。来这里的邮递员总是找不到准确人家。在那用信传递感情的时代，我的信总是传遍全街最后才到我手里，有的信连内容都被传阅了，高邻们连带帮助分析，把内容和分析出的情况梳理之后，告知家长。有讲究一点的没看内容，也早把来信地址研究了个遍，会同前面的分析再详细和家长汇报。

父亲忙于生计，一般不涉及自己的事他不关怀，母亲则不同，一旦得知一点信息，就反反复复地追问，在得不到明确回复时，满脸狐疑，而后发出长长的叹息。就是这叹息让我没来由地产生犯罪感，进而无地自容。后来，淘宝开始盛行，每次快递哥倒是清晰地找到我家，我却不用再写信了，也没人再追问邮差登门的缘由了，当初的小烦恼就这样自消自灭了。

前进街的住户都是老盘山人，老的住户可以上溯到几代之前，新的住户可能昨天才搬来。这里高密度地聚集着商人、失地农民、城市贫民。就是这条不起眼的街，曾经是老盘山县最繁华的一条街，人流最集中，交易最火爆的轻工市场，每天人来人往，络绎不绝，特别到了节假日，人们要买吃的、用的、穿的，都能在这里得到满足，窄窄的街道，全是摩肩接踵的行人，热闹非凡。现在不能和当初相比，但街上老人儿都在，像卖杂品的双盛、卖渔网的老亮、卖小百货的老秦、开饭店的张丹女等，我家卖电器，是前进街18号。比邻的前进街32号是张丹女开的饭店。

## 二

张丹女十八岁就在这条街上，比我年长几岁，在我求学时期，她就为生计摆摊挣钱。张丹女卖吃的，她说谁都离不开吃，所以她就卖吃的。

她卖馅饼，每天凌晨三点就开始发面，满满两大盆的面，颤颤的、黏黏的那种面，放到油锅立即变大，软软的、油油的，很有食欲的样子。据说当初她光学和面，就花了好长时间。然后要弄馅和生炉子，架大锅，等上班、进货、赶早的人来到，她把烙得金黄的馅饼准备停当了。等我上学路过她的摊子，她已经卖了好些馅饼了。

她和我要好，每次我买馅饼，都多给我拿，我买一个，她送两个，她烙的馅饼尤其好吃，特别是酸菜馅和韭菜鸡蛋馅的，百吃不厌。她男人比较懒，一般不干什么活，她也不抱怨，好像有一个人在身边就很满足了。男人似乎有些脾气，经常高声粗气地骂她。她总是好脾气地笑笑。

等下午人客稀少时，她也和我逛街的，她喜欢各色小玩意儿，哪怕花一块钱买个小发卡也会高兴得像捡到宝，圆脸上荡漾的满是笑意，细密的汗珠像滴在荷叶上的晨露，顺着她光洁白皙的脸上滑落。她眉眼一般，但皮肤特别白皙细腻，即使在外边风吹日晒，也依然光洁如初。

有一次，我提起她男人。我说他总跟你吵，你咋不和他干仗？她说，他就那样的脾气，私下里对我可心疼了。我第一次知道脸红脖子粗骂你的男人，私下里变身成绕指柔，我表示不信，人怎么能转圜得那样快？她转移话题说，有个安身立命的去处，我已经很满足了。

后来我才知道，她年幼丧母，为继母所不容，是这个男人收留了她。男人原是这条街上的混混，自从跟了丹女开始改邪归正，做起了买卖。

丹女是有理想的，她不只想安身立命，还想开一个大饭店。地点都选好了，就是前进街32号。

我说，32号开的是烧烤店，你咋能开饭店。

她笃定地说，现在不能，将来一定能。

那时，前进街分几个段区营业。从渤海路到市场路口，为小吃营业区，卖烤地瓜、馅饼、煎饼、茶鸡蛋等各色小吃；进入市场第一段为小百经营区，卖针头线脑、纽扣、围巾、手套等百货用品；再往里走是毛线、毛衣区，五颜六色的毛线，形形色色的毛衣层层叠叠；然后是布匹区，花布、绸料、毛料应有尽有；最高潮部分当然是服装区，分童装、成人装区，最抢眼的当然是女装区，从广州批发来成包的西服洋装依次展开，摊床后面是大户们开起的服装精品店，当时是最摩登、人流最集中的区域了。后来这些小店，经过大浪淘沙，成为现今硕果仅存的几个服装大户。

如此几个区域逛下来，人们大包小裹地买，然后在市场尽头，就是等着招徕生意的出租车司机们了。其间，推车、担担的小贩穿梭其中，吆喝叫卖，此起彼伏。人们每天络绎不绝地来，风雨无阻地逛。下雨天，小街泥泞不堪，大冬天，寒风凛冽，三伏天，市场连个遮挡都没有，人们汗流浃背，即使这样，人们依然不辞辛苦，继续地来。特别是过了小年之后，更是人满为患，多少货品也不够抢购的，人们花不多的钱，就能给全家都换上新衣，多令人鼓舞哇！有的爱美女孩甚至等不及到家，忙不迭地换上新衣，左照右照，丰收的喜悦，购物的欢畅溢于言表。

每每人群散去，丹女用长满冻疮的手数着她的零票子，积攒着自己的梦。

看她眼睛里坚毅的光，我心里涌上“有梦不觉人生寒”的句子。

## 三

丹女的儿子、女儿伴着和面剁馅的声音长大，两个都不爱读书，等大一些就开始帮忙了，丹女要照顾两个孩子和年迈的公公，还要忙着生意，日子忙碌且有奔头。

丹女和这条街上的人一样，都相信勤劳致富，更相信早起的鸟儿有虫吃。无论春秋冬夏，总是天没亮就早起，开门迎客。你还在睡梦中的时候，他们互相打招呼声、开门声，把你从酣睡中叫起。我闭着眼睛，凭经验推断哪家开门了，哪家晚了几分钟，从没出现一点误差。我在周末想睡一个懒觉时，那可爱的高邻们从没给过我这样的机会，久而久之，我那可怜的生物钟在和他们的习惯不屈不挠地较量多个回合后，终于败下阵来，我遂了他们的心愿，跟上他们的生活节奏。因为早起，每天我都是最先踏进办公室的，打扫卫生之后，开始读书学习。由衷感谢前进街的高邻们，这个好习惯让我受用终生。

我请朋友吃饭一定到32号，丹女不仅招待热情，每次都给我打折。她还是那样，朴实的打扮，忙前忙后的很周到的样子。圆脸上微笑如旧，皱纹不多，只是头发花白了一半。想她信誓旦旦说开饭店时的样子，恍如昨日。

后来，城市搞规划了，建起了交易市场，而且把市场一分为三：南市场、北市场、双台子大市场。前进街繁华不再，不愿意走的老街坊，汇集在32号商量去处。

卖小百货、渔网、杂品的老板在一起喝了酒，想了无数的主意，要搬走吧，都舍不得原来的主顾，不搬走吧，怕客人稀少。

最后，丹女拍了板：都不走，就在这条街上坚守，哪怕没有人来也坚守着。

出小百货摊的李大妈已经七十多岁了，每天坚持用过去的老摊床，卖些针头线脑的小商品。冬天，我怕她冷，劝她不要出摊了，她说习惯了，怕老顾客找不到她。

卖老鼠药的张大爷守家在地的，哪儿都不去，就固守在原地卖些苍蝇药、老鼠药，顺带连自家的花也搬出来，有人要就卖，没人要就当作给花晒太阳了。渐渐地，周围菜农摘了自家菜来卖，下班的市民顺手选购一些，一个小的农贸市场初步形成了，周围的人陆续聚拢过来。

还有卖杂品、劳保、渔网的都坚守下来。原来这条街卖杂品的只有几个推车的小贩，他们固执地守在原地，还抱成一团。都说无奸不商，前进街的老街坊却不这样，自己进到什么货，哪儿进的便宜，连带联络方式都告诉对方，有听不明白的，甚至带人过去。两家经营品种一样的，就自己划分经营范围，互不逾距，谁家进货没钱了，互相串换着花。劳保和渔网也是，一家经营，有别人加入，立马抱团经营，就这样由小及大，渐渐有批发的客商上门了，前进街的商户薄利多销，送货上门，逐渐打出名号，连这条街都改称杂品一条街了。在这里不论什么都能买得到。不过到这里买东西，你不要砍价砍一大块，他们实在，不会要价和卖价差一大块，他们根本就是在批发。

当然，他们也是有纠纷的，两家协商不好，相约去32号。找几个老邻居，吃一顿饭，把理由摆一摆，大家议一议，最后由丹女拍板定向。一旦拍了板，什么事都没有复议的必要了。

前一年，因为建地下商场，前进街出口给堵死了，本来狭小的街道，再不通车，不管零售还是搞批发的商户可遭了殃。车进不来，客流稀少，生意锐减。这些困难统统难不倒前进街人，他们怕客户车进不来，主动把货人搬肩扛送到大路上，再让客户用车拉走，小街上经常看见大人孩子齐上阵，肩背手提着大包小包的货汗流浃背地走着。

即使这样艰难的日子，他们靠付出汗水，既没耽误客户，也没少上一分钱的税。没人提起过他们在城市规划调整，市场迁出时，惨淡经营十几年，为繁荣市场做出的努力；也没人为城市建设规划再次堵死前进街口，而告知他们一声或减轻他们的负担。他们没找政府，也不上访，只默默地用肩膀和双手开辟一片新天地。

如今，这条街上的老商户都赚到了钱，买了楼，开起了汽车，有的甚至把孩子送到国外读书，但他们还是守着摊子，卖着货，甚至连穿戴都是原来的样子，黑黑的脸膛，廉价的衣服，笑眯眯的，一副淳朴的模样。你在这条街上看到农妇样的老板娘和伙计一样的憨老板别冒出贫困和需要帮助的想法，他们可能昨天还为哪个灾区捐款十万了呢。特别是那几户大的批发户不能说腰缠万贯，也是富裕人家了，依然早九晚五地守着摊子生活。我问他们为什么只守着这条街，试一试把生意做大，做个盘锦乃至全省总代理什么的，不是赚更多吗？他们憨笑着说没那么大的野心，这样守着摊子，有吃有住就挺好的。再问这条街动迁的时候，他们为什么不走？他们再次憨笑说，不能走，怕客户来了找不到他们。就是这个淳朴的信念让他们守着摊子惨淡经营了十多年，如今生意好转了，更不能说走就走，让客户找不到他们。当然，他们或许没有经营什么百年老店或者商界留名的理想，但就是这样的信念支撑起前进街商户金不换的信誉。

## 四

张丹女老了，当年在这条街上烙馅饼的盈盈少女，已年近五旬了，当年的满头黑发已经花白大半，仍是笑盈盈的一张脸，让你恍如昨天。

前进街32号成为这条街醒目的标志。这条街的男男女女都在这个饭店消费。每天有高兴的、不高兴的，坐在一起互相说一说，经营上遇见挫折了、失意了，互相打打气。东家经营困难了，需要帮；西家遇到难题了，要解决，都在这里做最后裁决。这里是信息溪流的汇总，汇总之后稍作调整，再投入新的奔忙。

有三十多年了吧，不管谁走了，谁发达了，谁家如何了，她都在。甚至她男人都禁不住诱惑，奔向外面的花花世界了，她仍然守在这里，不急不躁的。她对待婚姻的态度和她做人一样是从一而终的，一条道跑到黑。我不知道她的执拗影响了周围人，还是周围人压根也执拗，反正就是守土重迁，就是执着追求。

她的两个孩子长大了，她不打算改变孩子的命运。她和我说，想把接力棒传给自己的孩子。她说，做哪种工作不是为了挣钱，在这条街上人熟为宝，我想让孩子接我的班。

我没表态，但真诚希望她再多干上几年，每天都看见她热情洋溢的笑脸，就知道我回家了。

不管世事如何变迁，这条街上的人还是老样子。老子干不动了，儿子接班，连店铺字号都不变。生意做顺手了，扩展一下店铺，还在原地经营。有一些在这条街上赚了钱走了，他的铺子被接管下来，继续存在，尽管不断有新鲜血液进来，但大部分人的面孔不变。

我不知道别地儿的人怎么样，只知道这地方的人不欺生，不欺行霸市，有钱大伙赚，有财一起发。遇到困难不等不靠，更不上访，自主经营，抱团取暖。一旦经营顺利了，守土重迁，小富即安，不再奢望别处的风景。你要和他们讲直销、马云、摩尔等新的经营模式，他们瞪着可爱的眼睛嗤之以鼻，告诉你说，别人如何我没兴趣，我这一亩三分地管好了就行了。这就是可爱的前进街人，他们吃苦耐劳，诚实守信，没野心也不冒险；他们小富即安，守土重迁，没理想也不堕落。

他们信奉生意比天大，劳动最光荣，早起的鸟儿碰不到捕鸟的夹子，他们的道理是他们信奉一生的座右铭。

# 书耕家事

我家祖籍山东，清末闯关东来到辽泽，在这片坨子上生活了四代，亲眼见证辽泽从洪荒走来的艰辛和不平凡，肥沃的黑土地也见证了我家几代人辛勤的足迹和播洒的汗水。我的太爷和爷爷都是种庄稼的好把式，却一生没拥有过一寸土地。在辽泽莽荒时代，地力贫瘠，需要几代人一寸寸添加肥力，一寸寸置换新土，再经过细心养护、殷勤侍弄，才能由盐碱贫瘠变成肥沃良田。我的太爷、爷爷都是置换土地的好手，再贫瘠的土地到他们手里都能变成肥沃良田。那时，我家因生活无着才闯关东，但祖辈们的名声好，不论给谁家打短工和长工都被誉为勤劳肯干的能手，不论在坨子的哪边居住，都被公认是本分善良的好人家。后来，我太爷爷吃了没文化的亏，因气生病，一病不起，临终留下遗嘱，我家后代除了农耕更要书耕，要改变基因，在文化基因匮乏的烂田里种上文化的种子。此后，我家几代人坚持改造，播种文化，坚信读书改变命运。如今，我们家早随着时代变迁过上吃穿不愁的好日子。但在盗匪横行、缺吃缺喝的年代，几代人像细心呵护足下这片坨子地一样，坚持播种文化，举全家之力，四代人的坚守，在贫瘠荒地上播种文化，悉心养护文化根脉，促使文化之花从生根发芽到枝繁叶茂。

我的太爷爷是一个安分守己的农民，标准的苦难盛装器，他遵守规矩、信守承诺、干活出力，在坨子拥有良好口碑。那一年，坨子遭遇水灾，太爷爷不得不领着三个儿子外出扛活，与东家讲好供吃住，年底给两斗高粱。太爷爷领着三个儿子累死累活干了一年，到年底，东家反口说没有两斗高粱的事。太爷爷和三个爷爷反驳说当初讲好的。东家拿出文书，白纸黑字没有这样的约定。说不出理的爷儿四个只好给东家白干一年。黑心东家欺负太爷爷不识字，明摆着欺负人。太爷爷白白地被欺凌，憋着一肚子火，回到坨子就一病不起。太爷临终前，把太奶和三个儿子叫到床前，说他这辈子吃了没文化的亏，他不能让自己的后代都成睁眼瞎，要创造条件让后代读书，改变命运。太爷爷留下遗嘱：他死后，一定要枕下放一本书，他保佑后代出读大书的人。那年月读书的人家少，太奶和几个爷爷借遍全屯子，才在一户中等人家找到一本历书。等抱着书跑回家，太爷爷的身体都凉了，犹是圆睁二目，把不甘心带到黄泉。太奶和几个爷爷恭恭敬敬把这本历书放在太爷爷枕下。

到爷爷这辈，日子仍没有改变，苦得像黄连一样。可再难，爷爷总牢记太爷爷临终嘱托，开始艰难的文化耕种。家庭有限的资源不够分配，爷爷在自己的二男三女中，选择在两个儿子中试验文化耕种。父亲八岁时，被爷爷送进私塾。因开蒙晚，一进私塾，孩提时的父亲好像野马被套上笼头，百般的不适应。父亲和爷爷杠上了，尝试各种调皮和逃学，最终爷爷的私塾试验以失败告终。中华人民共和国成立后，父亲十三岁了，国家号召没入学的孩子可以入学读书，爷爷又动起在父亲身上种文化的念头，送父亲就读一年级。据父亲后来回忆，因为人穷衣裳破，个子比八九岁孩子高出许多，加之学习成绩不好，父亲铁心不读书，虽被爷爷打骂还是不改厌学初衷。爷爷拗不过父亲，放弃了父亲的书耕计划，转而把眼光转向叔叔。叔叔自小乖巧懂事，一入学即成绩优异，于是全家节衣缩食供叔叔读书。读小学和初中，要带饭盒，一家人把早饭做好了，先给叔叔捞出来稠的装饭盒，剩下稀的全家喝。爷爷一心要培养出一个秀才。爷爷不识字，但他以为读大学就是秀才了。不巧的是，叔叔高考那年，因为“文革”取消高考，叔叔高考志愿都填报了——吉林大学文史系。爷爷不认识自己的名字，却认识吉林大学几个字。他把一本写有吉林大学几个字的《红旗》杂志珍重地收藏着，如同小心翼翼地养护文化的根脉，没事的时候就捧着看，就好像用枯手托着黎明。爷爷最终没有培养出一个秀才，带着遗憾走了，自然枕着那本珍藏多年的杂志。

父亲是一个识字的农民，他把读书列为家庭头等大事。在农村，我们兄弟姐妹可以不用干农活，父母认可累折腰也要供孩子读书。父亲还无师自通发明读书讲评制度，学习成绩好的给予物质奖励。在讲评中，父亲读书看报，有的观点比我们老师说的都好。比如读书是所有生活梦想的积聚，万般皆下品、唯有读书高，有福方读书，读书改变命运等等，都是父亲在书报上现学现卖的成果。

有一天，父亲忽然宣布一个决定，即放弃黑油油的沃土，举家进城。一贯安土重迁的奶奶第一个反对，接着老实本分的母亲也反对，可父亲一意孤行，谁反对也没用，非得进城。到了父亲这代，我家已在坨子上耕种三代，坨子每寸土都浸泡着三代人的心血和汗水。阳光下，平铺到天边的田畴泛着晶莹的油光，父亲抓一把黑油油、肥亮亮的黑土，好像要握出油来，夕阳把他的影子拉得很长很长。

初进城，我们一家九口人，挤在六十平方米小房里，小床支得屋内屋外都是。父亲怕孩子落下功课，再困难也挤出相对独立的空间给读书的孩子。父亲是没有特长的农民，离开土地来到陌生的城市，着实生计堪忧。他没有工作，没有收入，通红着眼睛困兽一样在室内走来走去。我也对城里生活表现出不适应，口音土、着装土，被同学鄙视，课也听不懂，我不想读书了，想天高海阔地出去云游。等游逛一天回来，在校门外，看见半弓着身子谦卑听老师教训的父亲，顿时泪流满面。回家后，被生活压弯了腰的父亲却没有暴跳如雷，他只是用悲悯的眼光看着我。从那时起我明白了，课堂就是我的岗位，作为一个负责任的人应该坚守自己的岗位。此后，不论学习还是工作，就算再不适应，也没有想过要逃离。最后，我没有如父亲所愿考上重点院校，却保持一生读书的好习惯，并通过读书改变命运，在城里安身立命。

父亲老了以后却管起了下一代的读书问题，而且更严苛，周例会、月讲评、每学期奖勤罚懒，自筹资金给表现出众的孩子发奖金。我对孩子读书采取放任态度，对孩子约束也相对随意。所以我儿子对于父亲的奖惩制度一开始并不适应。父亲定规矩，每次聚会要讲评，总结经验，发现不足，表现好的发奖金。我儿子表现出抵触情绪，别人都讲，就他不讲，坐那抠手，也不说话。我担心孩子自尊心受损，表示异议，父亲却说教育孩子就如同养护耕地，上了肥，要有耐心，等待发酵，要闷一闷的。等到下次讲评时，我心都提溜起来了，怕再次冷场。我儿子却主动站出来，顺利通过讲评。此后，我儿子不但没有落下讲评后遗症，语言表述一直挺好，成绩也扶摇直上。

父亲不懂厚积薄发的道理，他只懂种庄稼，自己发明用种庄稼的方式进行书耕，坚持播种文化，一生不曾动摇。如今，已过耄耋之年的父亲，抱病坚持学习讲评制度，督促孙辈们保持向上的学习生活态度。父亲年老，自感身体抱恙，就召开家族大会，庄重立誓：整个家族今后要把教育列为家庭头等大事，让书耕在我们家族代代传承。

# 水 城

我生在水边，自幼熟悉大海与河流，我的父辈们大多靠水吃饭，惯会捕鱼摸虾，来补贴家用，我耳濡目染，涉水登舟如履平地。然而，受水之惠，也为水所累，中华人民共和国成立前，我的家乡十年九涝，一涝起来，水淹过一切，因碱的浸润，水退后白茫茫一片，庄稼颗粒无收，失去收成的农民就得逃难。小时候，我是听奶奶讲逃荒的故事长大的。这些故事告诉我遇到困难要坚强，因为这世上没有救世主，也没有神仙皇帝。奶奶告诉我，我们是闯关东前辈的后代，我们不怕吃苦，我们血管里流着开拓者的血，身上传承了祖辈们坚强不屈，敢于开辟新天地的豪迈和勇气。

想当年，我们的祖辈们为求得一条生路，走出家乡，颠沛流离，偕家大迁徙，敢于在一穷二白的荒地上徒手创家业，是何等的坚强与豪迈！每当看到成群迁徙的候鸟，就会想起当年闯关东大移民的艰辛，没有资金也没人照拂，为了生存，他们与天斗、与地斗、与人斗，辛苦打拼，艰难创业。那时的“南大荒”人迹罕至，兽匪横行，祖辈们一踏上这片热土，就倾情付出，全力耕耘，用辛勤的汗水开辟出一片新天地。那份豪迈、那份至诚、那份火热，如今回想起来依然让人心神激荡。

现如今那红通通的火盆、一望无际的漫天大雪、独具魅力的乡音，烟火明灭的旱烟袋等，无不是当年闯关东独有的痕迹。

小时候，我常常站在一望无际的盐碱滩，揉搓着冻得通红的熊掌似的手，想象那冬天不冷、夏天温凉的巢穴。我恍惚明白，那个温暖的巢穴就是祖辈闯关东拼死寻求的梦。

我一直喜欢那种纯色调，没有孤独感的梦，有一年夏天，在河汊捕虾捉鱼，游水嬉戏，忽然想象到在海风吹拂下悠闲的纳凉场景。然而，那倏忽掠过心海的思绪很快随风而逝了，面朝大海春暖花开是连梦中都不敢涉猎的。

我第一次知道水城是在小学课本上，一篇介绍东方威尼斯——苏州的文章。那“山温水软似名姝”“三山六水一分田”的水城风光，小桥流水，粉墙黛瓦的简静雅洁简直让人心为之醉，魄为之夺。那“君到姑苏见，人家皆枕河”的城市风貌与似水柔情，美得风情蚀骨，如今想来还激荡胸怀，久久难以平静。什么时候，我们居住的盐碱地也能建起那样一座水城，那样一座如曹雪芹在《红楼梦》开篇描述苏州阊门的句子“最是红尘中一二等富贵风流之地”，那样的梦能实现吗?

后来，在海子的成名诗《面朝大海，春暖花开》里，我知道了另一种美轮美奂的意境，也可以这样说，海子再次把我们深藏内心的梦真切地展现出来。

面朝大海，春暖花开，说出了多少人不可言传的心声。当然，祖辈战天斗地的荣光，我们不曾亲历过，但从电视剧《闯关东》中领略一二，从老辈人含着热泪的讲述中感受至深。我曾亲眼见证了辽河油田大会战的酣畅淋漓，我的父辈们承袭祖辈留下的优良传统——勤劳、智慧，还有战天斗地的勇气。

我愿意用“五色锦”概括这个城市的地域特色。“五色锦”——绿色、红色、黄色、蓝色和黑色。绿色的芦苇一望无际，让你的心放大无数倍，想起浩瀚、雄壮等词语，秋季芦花飘飘，特有的清香飘满城市，让你没来由吟咏“蒹葭苍苍，白露为霜”；红色的翅碱蓬红得动人心魄，这美丽了上亿年的植物蕴含着无数神奇的爱情传说；黄色的稻米经盐与碱浸润，米珠“如珠似玉，晶莹饱满，营养丰富，口感极佳”；蓝色的海洋与城市相拥，新的港口和水城眺望大海，拥抱世界；黑色的石油翻滚着黑金巨浪，战天斗地的拓荒精神成为石油人为这片锦绣之城写下的壮丽诗行。智慧的碰撞加上生动的实践，产生和谐的生态盘锦；现代文明与原生文明共生，勾画出一幅优美的画卷。

那是一片多水无山、四季分明、平川百里的无垠沃野，那里有世界最大的苇海，有神奇炫目的红海滩，有云飞鹤翔的湿地沼泽，有辽河油田高耸的井架和海上钻井平台，有辽河入海的吞云吐雾，有一望无际的金色稻田。每年三月间芦苇钻出地面，入夏翠苇摇曳，碧浪滔天，到了深秋，朵朵芦花飞雪，缥缈如烟。绵密的苇荡，把空气过滤得纤尘不染。漫步在芦园窄窄的栈道上，闭上眼做几次深呼吸，心肺似也被苇香洗得透亮。这美得入心入肺的盘锦，确实有资格让世界深呼吸！

在这样美的湿地当中，建一座水城，四季风景如画，画随人走，人在画中行。春风拂过，清新芦苇味道和着早醒大海的气息拂面而来，惬意和温暖在人们心中蔓延开来；盛夏，海风习习，舟行城市，悠闲纳凉的人们不经意地抚弄着遍地花草，竟掀不起一丝灰尘，恍如身在仙境；秋季当然是水城最美的季节，红透天边的红海滩如朵朵晚霞轻盈地飘落在水城边上，芦花飘飘如雪，就好像无意间飘落凡间的白云，涤荡得人们心胸宽阔如海。空气更清爽，天空更高远，而且气候温良适度，这时段畅游水城，有视觉、味觉双重极致享受；冬天来到水城更有一番苍凉之美，水城覆盖着皑皑白雪，这时把身体浸润到天然温泉中，欣赏着满世界的洁白，轻轻拂落那碎玉般飘落的雪花，看她在你掌心化成温柔泉水，流入心田，顷刻间体验到冰火两重天的美好。

盘锦依托着“世界重要湿地”和“中国最美湿地”，有着得天独厚的湿地旅游资源优势，又携深厚的历史文化资源，加之拥有丰富油气、温泉等自然资源和富有特色的盘锦大米、河蟹等特产驰骋在辽阔的湿地平原上。向海发展，全面转型，一座枢纽型、功能性、网络化的现代化石油新城正以一日千里的黑马姿态加速崛起。

水之一方，没有昨天，今天，明天；海之一涯，没有前世，今生，来生。我愿掬捧起时间的潮沙，埋葬前辈一切艰难困苦，用崭新的梦幻开启水城灿烂的明天。

时光荏苒，社会变迁，挣扎的痕迹上伤痕累累，我并没有摈弃奋斗，就像飞鸟俯冲过却丝毫没有痕迹。我们走在不同的田埂间，又在同一个地点邂逅。我们寄托，我们奋斗，我们呐喊，都只有一个期限，那就是一生。前面就是浩瀚大海，已经春暖花开，让坚实的脚步在沙滩上留下开拓者的足迹。

# 雨 夜

那夜的雨来得突兀。睡前我还在蓝黑的天幕上数星星，看着窗前的蜘蛛奋力补网，它的网被我开窗时无意中撕裂了一大块。看着它勤劳的身影，内心充满愧疚。如此星光璀璨的夜晚，幽幽的花香在微微浮动，时光在静谧中缓缓流淌着，我就在这轻舒漫卷的缓慢舞曲中悠然进入梦乡。

毫没预兆地被滚雷惊醒，窗外的雨瀑布般地倾倒下来，水花和黑幕遮挡了一切。先被急促的爆豆般的雨声惊住，看窗子外面连绵不断的水幕，附之以滚雷阵阵，闪电裂空。我下意识地寻找那蛛网，早被雷雨冲入激流之中，那勤劳的蜘蛛也不见了身影。果然覆巢之下没有完卵。

这雨下得急，下得密，下得爽利。一直以为，与南方雨相比，北方雨缺少一点浪漫与缠绵，来得那么直来直去，去得也迅疾有力，一点想象的空间都没有。所以我一直认为，曹雪芹是在南方雨的背景下，借林黛玉的手写出风雨夕风雨词的，如果在北方雨爆豆般的背景下，只能写出铿锵激昂的旋律，像《黄河大合唱》。

曾经有一段时间，可能是伤春怀吊的缘故，特别向往“留得残荷听雨声”的美感。在苏州园林一处听雨轩，看到专门听雨打荷花的江南园林，想见缠缠绵绵的秋雨下，大珠小珠落玉盘的浪漫情怀，心心念念久久不愿离去。北方的雨畅快淋漓，有涤荡一切的魄力。你若不小心落在雨里，保你睁不开眼，迈不了步，只有与天斗的豪迈，哪儿敢有一点抒情的浪漫情怀。

母亲活着的时候告诉我，雷雨交加的天气，是老天爷震怒了，要惩罚做坏事的人啦，所以做过坏事特别是亏心事的人就得格外小心啦。闪电霹雳是暴怒的神龙要降罪凡间，劈死做过亏心事没受惩处的人。为佐证自己的说法，母亲总要附上几则小故事来证实自己的。说古时候几个书生一起进京赶考，住在一个店主家。店主的女儿爱上其中一个书生，两人眉来眼去，避开众人成其好事。女子与书生相约，考中必来迎娶。果然女子眼光不错，一行人只有书生考中。故事进展必然是大喜之后又大悲。那书生却背弃承诺，娶了别姓贵族女子。店主女儿失去贞洁，怀有身孕，怕人知晓，选择上吊自尽。店主夫妇思念女儿，身染重疾，也先后亡故。故事从此转为低沉平缓，为后文做铺垫。说书生官运亨通，身家富贵，有子有女，志得意满。然后平地起风雷，来到故事高潮处。说书生外放任职路过故地，不知为何要在破败无人的故地歇息一晚。当晚雷电交加，霹雳闪电几次欲探身室内，众人吓作一团。书生自知亏心，打开紧闭的窗户，一个滚雷下来，把他当即劈死，连人都烧成焦炭。其他人则目睹此变，皆惊魂未定，从此一生不敢作恶。书生一死，立马云收雨散，明月当空。故事到此戛然而止，让人回味无穷，特别是雷劈恶人的干净利落，让人心生敬畏，果然举头三尺有神明。

母亲是典型的浪漫主义者，她的故事都是自己从各处听来的，有的加上自己的再创造，比如不孝顺的儿媳被雷劈，孝子贤孙得福报等，都是导人向善且针对性很强的故事。母亲勤劳善良，乐于奉献，秉持吃亏是福的理念，在最艰难困苦中始终保持优雅情怀，始终抱有美好向往。母亲竭尽所能给我向上、向善、向美好的引导，她把听来的故事自己再创造，然后说给我听，让我逐渐拥有一颗温柔、细致、敏感的心。

母亲忙着无暇顾及我的时候，我会去找奶奶，缠着奶奶给我讲故事。奶奶是最不会讲故事的人，她说的故事都是她经历的人生“事故”。奶奶顶现实，你要在雨天缠她讲故事，她会告诉你，这样连天的大雨要不停息，就会发水，就会饿殍遍地。哪里饿死了多少人，她和几个姑姑几次都差点被饿死等。奶奶的故事明显带着对饥饿的恐惧。在奶奶的人生哲学里，有吃有穿就是最好的日子。

奶奶总是说，活着比什么都重要。她是这样做的，也是这样要求儿女。奶奶的故事里没有神怪，没有传奇，只有苦难和坚强。那一年，也是这样的雨天。奶奶说的苦难生活，是那样的轻描淡写，是否苦难经历多了，进而什么都不放在心上，还是奶奶天生如此？不得而知。

奶奶说，一家人坐在一起吃饭，啃着青涩的玉米棒子，就着烀茄子。那时青黄不接，要不吃不太熟的青玉米，全家就得饿着。奶奶的故事从来都带着饥饿的味道。当时十七岁的父亲在饭桌上说他想报名参军，省出一张吃饭的嘴。奶奶一听就火了，坚决不允许。奶奶说，我养的儿子留着给我养老，不能送去当炮灰。奶奶如是说的时候，我心下闪过这样的念头，以奶奶只顾眼前的现实性格，能反对父亲参军一点也不奇怪。年轻气盛的父亲第一次坚持自己的观点，坚决要当兵，还和奶奶起了冲突，并私下去报了名。这下可惹爆了奶奶的泼辣劲儿，奶奶颠着小脚到了招兵站一通大闹，以死相逼，搅黄了父亲的军人梦。我一直想，如果能干的父亲当了兵，在军营锻炼并建功立业，或许也成为一名将军也说不定，当然也可能早已血染沙场，奶奶那么一闹，或许真的保全了父亲也说不定。当然一个家族的家族史是不能假设的。

奶奶说，那年的年景不好，一场雨接着一场雨，下的天连地，地连天的，庄稼都涝死，野菜也没生长，青庄稼啃光了，这个冬天可怎么熬过去？能干的奶奶束手无策了，眼看着全家饿死吗？这时十七岁的父亲挺身而出，跟了相熟的近邻，钻进茫茫苇塘做起了“刀客”。旧时的“刀客”就是割芦苇的工人，劳动强度极大，“人入苇塘，驴进磨坊”，说的就是“刀客”的苦。做“刀客”的吃住都在苇塘，父亲第一天割苇，手就打了大血泡，脚趾也划开裂痕，干一天活下来，累得直不起腰，连饭都吃不下。因为捆不好苇腰子，被迫返工好几次，多亏同村老“刀客”明里暗里帮忙，父亲才咬牙挺过来。那年冬天，仗着父亲挣的五斗钱粮、两捆大苇，全家得以活命。奶奶带着姑姑们昼夜编织苇席，父亲拉到沙岭去卖，那年过年，全家终于吃上饺子。奶奶欣慰地笑了，不再拿父亲当孩子。父亲也过早承担起生活的重担，完全像个能拿事的大人了。

在奶奶那里，我听得最多的故事是雨天的故事，奶奶把雨天与苦难紧密联系在一起，和奶奶人生关键的几个节点都是雨天，在她的记忆里，和下雨紧密相连的是发水，然后是没吃没喝。奶奶最不愿意说起她自己出嫁的段落。奶奶出嫁桥段有点像电影《红高粱》里的九儿，自然遭遇没有九儿浪漫。我缠着她问了几次，她都草草带过，只说那场秋雨浇灭她所有的人生理想，像她这样被父母卖掉的女孩子，能有这样的命运就不错了。奶奶一直惋惜她的姐姐，一个貌美如花的奇女子。没等父母把她卖出好价钱，就被土匪抢去做压寨夫人。中华人民共和国成立后土匪被镇压，大姨奶顶着土匪婆娘的帽子，被欺负、被批斗，日子苦得像黄连。可她还是向往好一点的未来，破除层层阻碍，带着女儿改嫁。然而还是遇人不淑。她在凄苦中，把女儿养大并亲自安排她成家立业。奶奶家的姐妹都有宁为玉碎的坚贞，更有吃苦耐劳的韧劲。生活的苦终于压断这个女人最后一根神经，她崩溃了，最后孤苦凄惨死去。死时凄惨与否她已经不知道了，可善良的奶奶每每提及大姨奶，总说大姨奶命苦，要在现在咋也不会死那么早！言下不胜唏嘘。其实，奶奶的境遇也不比大姨奶好多少，被迫嫁给穷得叮当响的爷爷，带着一帮孩子，苦苦地熬时光。饥寒交迫相随，苦与累相伴，但现实的奶奶总把生活中不好的段落一一掐去，直接从苦难中飞跃出来，过渡到自己安享的晚年生活。奶奶知足，她感谢上苍安排她有这么好的晚年生活。我一直没学会奶奶用最直接的手段争取自己所要的特长，父亲是她嫡传弟子，这方面领悟颇深，也实际践行着。

雨仍下着，没有停，我的睡意完全被雨水冲刷净了。起床看看睡在隔壁的父亲，八十多岁的父亲居然没有醒，张着嘴，睡得像个孩童。

从十七岁那最后一场秋雨中，走进苇塘做起“刀客”，整整近七十个春秋过去了。当初用稚嫩的肩膀扛起生活的重担，那苦一定不言而喻的。近七十年里，父亲做过国营农场农工、会计，改革开放后做过买卖，养过牛，开过商场，不论国家政策如何，父亲一直不声不响地担当着养家糊口的重任。在父亲眼里，没有退休概念，完全老牛拉套，不死不休。

我的父亲年轻时很英俊，是老家那儿十里八村的帅小伙。与母亲成亲时，父亲家里极困难，连床被子也没有。婚后经过父母共同的努力，家庭建设渐渐步入正轨，我们这些子女也陆续出生，成为农村老家人口兴旺，日子红火的家庭。而且父亲经过个人努力在农村获得良好口碑，在人们眼中父亲能力强，能量开事。在老家谁家有个大事小情的得把父亲请来，摆一摆，说一说。

父亲的风光我是后来听说的，我小时候与父亲的感情并不深，也不关注父亲，只是寂寞地成长着。那时父亲忙于家计，整天早出晚归，中国男人又不善于表达自己的感情，所以我完全体会不到父爱。我家里人口多，负担沉重，压得年轻的父亲脾气暴躁，对我们动辄训斥，甚至举手就打。在我童年的印象里，父亲从没和颜悦色地和我说过话，只要说话不是批评就是责骂。我很羡慕小伙伴骑在父亲的脖子上亲昵地撒娇，在我的家里，那根本就是幻想，在我童年的记忆里，父亲从来就没抱过我。当时我得出的结论是父亲不爱我。

改革开放以后，本就是能人的父亲一下子放开手脚大干起来，我家生活水准有了较大改善。但是父亲毅然放弃开辟了三十多年的“根据地”——老家较优裕的生活，决定举家迁往城里。大家想一想，九口人，都没有工作，小的小，老的老，到城里，怎么活？一向温顺的母亲第一个激烈反对，接下来奶奶故土难离，也坚决反对。为了说服全家人，父亲召开了一个家庭会议，十五岁的我首次列席会议，会上父亲说是为了孩子受到良好的教育，及时接受城里的信息，才考虑进城。原来父亲进城完全是为了我们，还真没看出来粗糙的父亲有这样的爱。最后，父亲说：你爸没本事，要不然把你们带到北京发展。话语中豪情无限，为了孩子的发展，一个年过半百，没有多少文化的农民，毅然决定离开已经生活习惯的故土，重新开辟新的领地，这得需要多大的勇气，对子女多深厚的爱呀！

渐渐的我了解了父亲，理解了他的爱，淡忘了童年时期他的暴躁和冷漠。

进城后，我们一家人挤在两间小房里，父亲想过卖豆腐，卖熟食，都没成功，那时的父亲沮丧极了，我都不敢看他的眼睛，那是布满血丝如困兽的眼睛。

最后，在亲友们的帮助下，父亲决定在人流集中的地方开小卖店，卖小食品，投资少，见效快，不需要什么技术。经过一系列筹备，卖店开起来了，父亲高兴得像孩子一样，有使不完的劲。家里没有多少资金，父亲就多捯动，每天早晨三点钟就起床，上货，等到上班时间，货早摆好了，整整齐齐，方便顾客选购。下午卖出钱来再去进货，赶上饿了，父亲也不舍得吃一点刚进的食品，一定要回到家里吃饭。卖了十几年的小食品，父亲连小食品的味道都没尝过。

这样一干就是十多年，天天如一日，早三点，晚十点，辛苦劳作。就是靠了小卖店的收入，供六个子女读大学，帮助他们找到可心的工作，再帮他们安上新家。

当年进城找不到厕所的农村娃已然成长为有知识、有才干的青年。父亲头上青丝早已染白，健壮的身体已然疾病缠身，他仍然坚持工作，像黄沙中屹立不倒的胡杨。

这时父亲对子女的爱仍然是粗糙的，仍然不会说爱，还是打和骂，把关心隐藏在粗糙的假象中。

父亲最后一次骂我，是在我谈了男朋友以后，父亲以阅人无数的经验劝我不要和男友结婚，告诫我赶紧离开他。年轻气盛的我认为父亲的观点太老土，不符合现代婚姻观念，加上父亲的态度粗暴，激起了我的逆反心理，就是不采纳他的意见。父亲气得暴跳如雷，骂我：等你来家哭的，我把你打出去！

生活有时真是透明的老师，几年的光景就证明了父亲的正确，我的愚蠢。伤痕累累的我不想回家面对父亲，怕他骂我不听老人言，就带着孩子，孤零零地在外飘零。父亲知道我的处境后，却伸出慈爱的手臂接纳了我。他亲自把我们母子接回家，从没提起他当年的英明，也没对我发过脾气。父亲向我展示的是他从没有过的温情。

如今，我还和父亲生活在一起，已过耄耋之年的父亲，仍然爱我，关心我，仿佛我还是那个不懂世事的小孩。

有一天晚上，我开会回来，一进巷口，看见父亲正站在那里张望，我知道他在等我。风掀起他丝丝白发，仿佛黄沙中屹立不倒的胡杨，我的眼里渐渐地有了泪光。

心情跟随雨点的节奏起起落落，一会儿紧凑，一会儿舒缓。我的思绪随着雨点的起起落落，胡乱地飘飞着，从远到近，再从前到后，胡乱排列着，这雨夜究竟还有多长！

# 一个人的沧海

## 一

站在辽河入海口，背靠新崛起的辽东湾水城，凝望这片沧海。湛蓝的天幕上云影婆娑，平整的绿苇红滩如红绿相间的地毯一直延展到大海深处，在这样的天与地之间，翩翩起舞的鸥鸟争相觅食嬉戏，有的闲庭信步、有的志得意满、有的交颈恩爱、有的软语呢喃，辽东湾早已成为名副其实的海鸟乐园。这时，如果拾一把沙，抛向天际，顷刻间，蓝、白、红、绿背景下，点点鸥鸟化作动态精灵，千百条美丽弧线划破长空。

在辽东湾有这样一个传说，一个人常年守望一片海，死后就会化作海鸟精灵，日日盘旋在这片海的上空。人们相信，每只鸥鸟都是大海精魂回来寻找它的前世。我相信孙连山已化作了海鸟，只是不知道这惊飞的海鸟里，哪只是孙连山的精魂。

骑着二八自行车，背着相机，身着迷彩服，穿行在辽东湾大街小巷，这形象是孙连山的标配。行人见了他，会亲热地打招呼，“老孙，又去照相啊！”他减速、微笑着颔首，然后加速、飞快驶过，他的身影像展翅飞翔的海鸟盘旋在辽东湾的角角落落。每一个工地、每一个施工现场、每一个企业开工典礼现场都留下他艰辛的足迹。先后拍摄了十余万张照片、4000多条大事记、上百万字，记录辽东湾新区开发建设的每一个精彩瞬间。换句话说，他在用自己的方式守望沧海。

如今，那奔忙的身影已经消逝，楼道里只剩这台老旧二八自行车，孤寂地等待报废，他的主人却启用另一双翅膀继续飞翔。

## 二

印度诗人泰戈尔在他的《飞鸟集》中写道，“天空没有翅膀的痕迹，但鸟儿已经飞过！”孙连山短短六十年的生命旅程滞留在同事、朋友、亲人记忆中的丝缕痕迹是交错混杂的。听他们讲述自己心中不一样的老孙（年轻人称孙叔），总不如亲身经历来得深刻明朗、记忆犹新，但我坚信，只要顺着他文字、影像痕迹，将记忆褶皱展开，在时光隧道里找到微弱的光亮，直到探到所有事情的起点。

生命起源于海，文明发轫与海，海与陆之间隔着潮沟与滩涂。辽滨有大大小小的潮水沟十几条，这些沟经常年累月潮水冲刷自然形成，如混江沟、女儿沟、坨子沟、二沟子、风水沟、虾米沟、蛐蜒沟、枣木沟、小迹子沟、红草坝大沟、耗牙子沟、红旗沟、双井子沟等，长短曲直不一，从海里延展在辽滨，仿佛是大地的血脉，滋养着这片土地，给这片土地带来无限生机。

浩浩荡荡的闯关东大军就是冲着这片生机而来，在这拖家带口的褴褛队伍中，行进着来自山东的孙氏一家，他们选择临近潮沟的一个小村落，临海而居，靠海吃海。一穷二白的孙家靠海边“推潮”维持生活，用两根竹竿捆扎成一个V字形，竹竿上系上网，网目有大有小，根据季节鱼虾的大与小而定，顶着潮水向前推，鱼虾自动进网，将推网举出水面，用潮捞子把网中鱼虾捞起。新鲜的鱼虾到田庄台、营口等地卖，秋天的青虾用盐水炸熟，晒干后摔成虾米，等冬季罢海（封冻期）的时候到市场上卖个好价钱。冬天，在海边荒无人烟的地方割柴，卖给营口的大户人家。卖了钱再买粮食、咸盐和生活日用品。

每日，看着大海潮涨潮落，伴着涛声苏醒与入眠。孙连山自小学会了全套赶海的本事，成为父母的好帮手。他小小年纪不仅学会捉鱼摸虾、挑水劈柴，还承担起小大人的角色，帮着父母照顾弟妹。在大海里嬉戏玩耍，靠海馈赠生活，海成为他生命的组成部分。

十八岁那年，孙连山就近参加工作，成为辽滨苇场一名工人。如海鸟初展翅的他对工作充满激情，和工友们一边干活一边唱着《辽河上飘来运苇的船》，“秋风引路船如箭，芦花相迎把头点，一片云彩从天落，辽河上飘来运苇的船。”

青年孙连山对于大海有了更深的认知，站在海边，心中总是涌动潮水般的思绪，有自豪、有凝重，还有无限的牵挂。在他心里升起新的愿望，当一名海军，驾驶战舰，日夜守卫祖国的海防。1975年冬季征兵时节，不满20岁的孙连山毅然报名参军，没想到父母却不同意孙连山的想法。为此孙连山很苦恼，对着大海诉说他驰骋海疆的愿望。忽然，他脑子灵光一闪，盗用父母名义，写了一封《致武装部领导及接兵首长》的信，在信中模仿父母的口气，写下全家人一致支持儿子参军，保卫祖国的决心。第二天早上，辽滨广播站播发孙连山写的信。当天下午，武装部领导和接兵首长来到他家家访。见此情景，撒了谎的孙连山手足无措，可知书达理的父母顺水推舟，成全了孙连山善意的谎言，圆了他的水兵梦。

虎门沙角是林则徐销烟的战场，也是孙连山当兵的地方，在这里他曾无数次聆听英雄的虎门人民抗击英军侵略者的悲壮故事，也曾多次寻访鸦片战争古战场，部队的教育和锻炼让他爱国情怀更深驻足内心深处，在做好本职工作的同事，和当地居民结下深厚的鱼水情，他和他的战友照顾一个子女在香港的阿婆及小孙女，并和阿婆一家结下半个世纪情缘。

在祖国戍边的日子，辽滨的海与风，连同辽河上运苇的船队，成为他荡漾在心海里的乡愁，即使自己身在南海戍边，仍会时时梦到那雄伟的船队。“苇船大，挤瘦一湾辽河水，苇船高，扯起张张金色的帆，好风好水走渤海，鸥鹤脆鸣唱丰收”的歌声飘荡在孙连山的记忆深处。

退役后，孙连山放弃别处相对优越的条件，坚决回到家乡，从文书做起，团委书记、监察科长、宣传委员兼党委秘书、党群工作部长等，后来因为年龄临近退休而离开领导岗位，他依然坚守平凡工作岗位默默奉献，直到生命终结。

## 三

著名诗人艾青在《我爱这土地》中写道，“为什么我的眼里常含泪水，因为我对这土地爱得深沉。”孙连山对这片土地的爱经过滋养、灌溉，乃至升华，得益于李奶奶的九条金龙梦。

有一天，孙连山和伙伴们在辽河入海口龙背滩捡玻璃牛(当地一种贝类)，那天运气不错，他捡了40多斤，长长的网兜装了多半下。他直起腰，看着满满的收获，露出欣慰的笑容。涨潮了，他们顺潮水拖着网兜子在泥泞的海滩上艰难跋涉，一步一个脚窝，泥水、汗水顺着两鬓流进脖子里，又被太阳蒸发，留下黑黑的泥印儿。

好不容易走上岸，在海防堤休息一会，他们几个人又渴又累，拖着疲惫的身躯走进雁沟大队靠近路边的一户农家讨水喝。应门的是一位慈祥的老母亲，听到他们诉求，赶紧为他们端来淡水。交谈中得知老人姓李，巧的是老人娘家在辽滨，听说他们是辽滨人，高兴地说，“你们都是我的娘家人啊”，提起漫无边际的废旧虾池，纵横交错的大小沟渠，凸凹连片的草甸荒滩，他们说，一切都还是老样子，什么都没有变。老人的眼睛湿润了，这现状什么时候能改观啊。老人说起她前几日做的一个梦。老人梦见九条金色巨龙脚踏七彩祥云，带着风，夹着雨，从东南方飞舞而来，漫天金光灿灿。九条金色巨龙落在了红草坝大沟（现在会展中心）附近嬉戏，而后成扇面腾空而起，九条金色巨龙朝着不同的方向奔向了大海。瞬间，九条金色巨龙飞过之处，九条宽敞笔直的金光大道从红草坝大沟想大海深处延伸。这九条金色巨龙落入海中，溅起浪花朵朵。云雾缭绕、烟波浩渺，海面出现一座美丽的城市，楼台城郭清晰可见，小桥流水恍如世外桃源。老人说，这龙啊，是吉祥的化身，咱这地有龙的呵护，一定能建成人人向往的世外桃源。老人的话深深打动几个少年的心，像隐隐感知了某种觉醒的愿望。想象自己祖辈们无数双布满裂口，象征艰辛的手，紧紧握住网具渔具，对准生活的永恒图景——摒弃荒凉，构造和谐美好的辽滨水城，这一古朴理想被孙连山无数次种植、记录、过滤、升华，最后被时间馈赠，得到慢慢滋养，在孙连山内心长成参天大树。

## 四

有人说，人是不知道自己宿命的。可孙连山的同事却说，他是知道的。从他身体日渐消瘦起，他就知道自己或许得了不好的病，可他顾不过来看病，他的纪念辽东湾新区建区十周年图片展还没有准备好。所有照片和资料整理都是他一个人经手，那是他多年积累的素材呀，如果放下来，别人没经手无法接续，展出活动势必受到影响。这可是辽东湾十年建设成果的集聚，一旦错过这十年，他不知道自己还有没有下一个十年。同时，他作为儿子、丈夫、父亲的责任还没有尽完，老母亲依然健在、小儿子也没有成家，相濡以沫的老伴正需要他温暖的陪伴。这些都不容许他倒下，所以他选择隐瞒，也选择了和死神面对面的较量。他的力气被抽走了，身体素质急剧下降，最可怕的是癌魔发作时，他连拍照的力量都聚不起来，而锥心的疼痛让他如坠地狱。暗夜里，他几乎看得见死神冰冷的眼睛，他清楚自己所剩的时间不多了。

他更忘我地投入补拍和整理、布展工作，几乎夜以继日地挑选照片，做资料说明。要在自己这么些年拍摄的十余万张照片中，遴选出代表性和最能反映辽东湾变化的精彩瞬间，还要做好图片说明和资料补充，这工作无疑是细致烦琐耗心血的，孙连山选择了义无反顾。一张张鲜活的照片如一幕幕流动的风景，把辽东湾新区开发建设的每一个精彩瞬间都囊括进来，每张照片的后面凝聚着建设者的心血和拍摄者的汗水，这心血和汗水汇聚在一起，深深感动孙连山这个辽东湾开发的建设者、守望者和见证人。把辽东湾开发建设全过程整理出来，让世人看见是辽东湾开发建设的每一个精彩瞬间，是孙连山此生的夙愿。他按照时间顺序，把这些创作于新区开发建设的不同阶段、生成于水城建设的整个进程进行精心整理，细致归档，从不同的侧面与不同的视角，反映新区建设与发展所呈现的亮色。

在布展进入尾声阶段，孙连山已经吃不下什么东西了，完全靠着大把吃着止疼药来支撑。他明白自己在和死神赛跑，此刻倒下，辽东湾新区建区十周年图片展也可能流产。他不能在此时倒下，实在提不上精神了，就歪在墙角歇歇，一阵紧似一阵的剧痛，让他直冒冷汗，浑身颤抖，他怕惊动助手，强忍着不让自己发出声音。临近展出了，孙连山发现还需要补拍一些照片，此时，他已驾驭不了自己的二八自行车啦，他第一次和领导申请了公车，等车到了，他和同事出发上车，腿却咋也不听使唤，一个趔趄，差点栽倒。同事王艮善及时扶住他，感到他身体微微发颤，虚弱得连步子都迈不开了。王艮善劝他，“孙叔，你回去休息吧，图片我来弄。”孙连山强笑着说自己可以。

等完成全部布展工作，孙连山已经累得站不起来，他甚至没来得及看一眼展会整体情况。同事陈红把他送回家，他一头栽在床上，再也没起来，可恶的癌细胞已经通过淋巴扩展到全身。他没能参观自己亲手拍摄、布展的辽东湾新区建区十周年图片展。同事苏洋来看他，告诉他展览盛况，他浮肿的脸上漾开笑意。孙连山说话已经十分困难，仍嘱咐苏洋，他还有一批新图片没做文字注释，请苏洋帮忙做好说明，他不能给以后档案工作留下麻烦。泪涌上眼眶，苏洋赶紧转身擦掉。

## 五

火热的生活像磁石一般吸引着很多人的出走方向。2005年12月辽东湾新区挂牌成立，这片沿海滩涂、草甸连片、沟渠纵横的不毛之地迎来千载难逢的发展机遇。大规模开发建设吸引着人们从四面八方涌到名不见经传的小渔村。

孙连山一直记得，辽东湾参与的第一次招商引资，除了广袤的土地，没有什么值得展示的，资料少得可怜。孙连山经手制作了第一本招商画册，那时，辽滨还没有满月，就像嗷嗷待哺的婴儿，缺资金，少项目，基础设施薄弱。但在孙连山眼中，辽东湾不是一张白纸，而是一幅绚丽清美的画卷，映入眼帘的是满目的春色、勃勃生机。

2006年，辽东湾纳入辽宁沿海重点发展区域，2013年1月，正式晋升为国家级经济技术开发区，规划面积由最初的起步区3平方公里扩展到545平方公里。创业的风云在辽河口激荡，发展的乐章在蔚蓝的海洋奏响。孙连山激发出极大的创业热情，他全身心投入工作，他的字典里最常出现的词汇是5+2，白+黑，他的神经高度紧绷，他甚至能听到每一项工作落地的回响。就是忘我的工作给身体留下了隐患，可他不在乎，他要加班加点圆上心中那个梦。

就在筑梦的进程中，那个九条金龙梦的李奶奶走完85岁人生历程，带着她的美好梦境羽化而去。孙连山在心里默念，李奶奶，你为什么不再等等，看看你的梦啊！如今的翠霞湖畔，就是老人梦见的九龙嬉戏的地方。一座现代化多功能的国际会展中心，曲径通幽，小桥流水，荷花飘香，野蒲连片，从会展中心延伸公路四通八达，在不远处，一座轻轻放在湿地中的水城矗立在世人面前。

## 六

有人说，档案镌刻着历史最原始的记忆，也是总结历史经验教训最具说服力的权威物证。历史离不开记忆与叙述，一个地区、一座城市，有其独特个性，鲜活情貌，就刻录时代屐痕，承载历史记忆功能来说，瞬间存真的图像明显优于声音，也胜过文字。作为辽东湾新区开发建设的亲历者，孙连山亲身体验了向荒原挑战的困难与艰辛，亲历体会到艰苦创业的无畏与激情，更是目睹了建设者们所创造的一个又一个奇迹，以及这里所发生的翻天覆地的变化。他常说："能有机会参加辽东湾新区的开发建设是我一生中的幸事，为辽东湾新区的发展建设出我的一份微薄之力，是我的荣耀"。可用什么记录这个沸腾的时代，在市档案局长周国滨的启发下，孙连山决定用最直接的影像来记录一切。

屈子曰，亦余心之所善兮虽九死其犹未悔。孙连山一旦做出决定，就再无更改。这些年来，他一直用相机见证这些奇迹，记录这些变化、展现生动的发展进步。在宏冠船业签约、辽河油田海工装备制造奠基、"加里曼丹"成品油轮下水现场、辽宁龙德船业奠基、盘锦中新加船舶配套产品有限公司开工、辽河口围海大堤合龙、新材料生产基地奠基、宝来石化一期工程、沈铁物流、合力叉车、台湾长春石化等企业入驻，向海大道通车、盘锦港开工、盘锦30万吨原油码头打桩、辽宁省实验中学盘锦分校、红海滩体育中心、辽滨环岛路护岸工程、大连理工盘锦校区施工现场、建设中的盛京医院等现场，都是孙连山跑得滚瓜烂熟的新闻背景。

2010年10月，已届退休年龄的孙连山离开了领导工作岗位，他并没有失去对这项工作的热情。用他自己的话说：“我会一直干下去，不图别的，只因为我是辽滨的记录者。”没有领导安排，没有部门部署，作为辽东湾新区的一名老党员，只要听到信儿就到场，有时甚至是跟着人流，到一个个现场采访拍摄。中央电视台正在播出的大型纪录片《筑梦者》，讲述中国共产党伟大筑梦历程，孙连山就是用自己的方式追梦、筑梦、圆梦。他十年如一日，默默记录着辽东湾新区发展中重大活动的精彩瞬间、重大事件的来龙去脉，重要来访的关键节点，十几万张照片、四千多条大事记，沉甸甸的历史资料成为辽东湾新区永恒的财富。

## 七

从辽滨泥泞小路上走来的孙连山，对那里的桥和路建设格外上心。那时，辽滨没有一条像样的路，只有一条建了115年，十多米宽，凸凹不平的“搓衣板”路连通外地。对这条公路两次大规模拓宽、改造，孙连山全程参与其中，从建设者特写、道路整体景观以及每个环节进展情况进行全程拍摄。有时人家吃饭，他连个盒饭也没有，饿着肚子继续干。在“潮涨为海，潮落为泽”的茫茫滩涂，建设北方宜居宜游的滨海新城，那苦是怎么吃的，那路是怎么走的？有时连建设者自己都恍惚了，然而，孙连山的照片和大事记却见证着这神奇的一切。

在辽河特大桥、盘锦港的建设中，孙连山每天都来拍摄，看大桥、大港在镜头中完美蝶变。光建设进程的照片就留下几千张，连建设部门都没留存这么完备的资料。拍辽河跨海大桥合龙的镜头，一直没找到合适的位置，孙连山急了，不顾危险爬上一座正在建的二十层高楼，站在楼顶上，刚好把大桥合龙镜头取全，等拍完照片，孙连山发现自己踩在没封顶的钢筋架上，什么保护都没有，如果一脚踩空，后果不堪设想。

2011年6月17日，正值建党90周年华诞前夕，辽宁电视台制作一期《城乡巨变》为主题现场直播节目，在直播现场辽河特大桥，孙连山作为辽东湾新区开发建设记录者、见证者的身份走进直播间述说他见证和记录辽东湾新区的大港、大桥、大学、大船、大道。他和《第一时间》主播李七月相约，两年之后再来看孙连山的照片。可孙连山没能等到李七月，可恶的癌魔夺取他年仅60岁的生命，那个诺言随着大辽河热乎乎的河风，飘进沧海深处。

孙连山是个有情怀的人，他的镜头里不仅有纵横捭阖的大事件、大人物，也有平凡、普通的建设者，如忙里偷闲的环卫工人、埋头操作的建筑工人、专注研究科技工作者、正在上课的教师等；他的镜头里更有家人的温馨、朋友的互信、陌生人的真情；他的镜头里还有身边细微的景观，像三月垂柳的嫩芽，娇艳肆意的樱花，五月飘香的槐花，层林尽染的深秋，傲骨嶙峋的冬季等。

那是辽滨19.2公里围海大堤合龙那天，孙连山赶去现场拍照。那天天气太冷，一辆铲车气压管冻裂，铲车司机王维驾驶的铲车刹车忽然失灵。往前是10米大堤合龙处，有8个人在调度车辆，左侧有人，右侧还有人，王维紧握操作杆，用尽全身力气往下压，大铲着地缓缓驶入大海。人们惊呆了，不敢想象发生了什么。王维把大铲落地，撑起车身，冰冷的海水灌进驾驶室，他试图摸安全锤，敲开驾驶室玻璃，可没有摸到，水已没过他腰际。危急时刻，一台铲车调转方向，伸出大臂，用铲车斗击碎铲车后玻璃，王维从驾驶室爬出来，爬进挖掘机铲车斗上。人们长出一口气，情不自禁鼓起掌来。孙连山就在现场，用镜头拍下这珍贵的画面。这组照片在辽东湾建区十周年图片展展出时，无数参观者在图片前潸然落泪。

“天天谋面的辽河啊，你奔涌的波涛里，溶进了开拓者澎湃的激情，每一朵浪花，都述说着创业者万丈豪情。”这是孙连山在《不尽辽河滚滚来》中的诗句，他这样说也这样做，他的生活和工作中总是充满着激情，他的身上总有一种积极向上的力量。

多年以来，人们习惯于霓虹闪耀，电力编织的景致幻觉，物欲的魔法摄取许多人的灵魂，也许偶尔会因为种种听闻和事故产生过片刻清醒，又继续无力深陷于享乐、消费、虚荣挥霍的深渊，让原本属于自然之子的空灵之心变得异常孤独、异常空虚。那个无论酷暑严寒，骑着二八自行车奔波于辽东湾新区的每一个施工现场的疲惫身影是否让你孤独的内心找到新的慰藉；那个不问名利，不用部署，主动记录着辽东湾新区开发建设的每一个精彩瞬间的守望者是否让你空虚的心灵重新填满清泉。

站在孙连山九条金龙梦的落脚点上，大地如一张斑斓的纸，梦幻水城如巧手剪裁出来一副剪纸，喜庆地张贴在大自然的窗户上。天空蔚蓝、海风习习，在蓝天大海之间感应天地秩序和四季轮回，仿佛能听见每一个自然生命的吟唱，听见上苍留在所有生命里的余音袅袅。据说，孙连山经常站在这里聆听，我不知道他聆听的奇妙，但切实感受到来自生命磁场的吸附，像被授命了一样。不远处，几只觅食的海鸟拍打着翅膀低空掠过。

# 与一条路对视

在辽河三角洲和沧海之间隔着一片深深浅浅的盐碱滩，覆盖着红色的翅碱蓬和绿色的芦苇荡。春风吹拂，红毯绿苇，那苍凉的美超过大漠孤烟和长河落日。可往来奔波的渔雁先民无暇欣赏这绝美景色，忙碌中想扶住一棵树，稍稍喘出一口气来，却发现满眼的荒芜，连一棵树也没有。

在遥远的古代，陆地和大海间怎样沟通往来？我想在盐碱滩上肯定有一条路。那路或许只是渔雁先民上陆地栖息脚印的集聚，只能供携家带口的陆雁们肩背或挑担穿行。后来路上的脚印渐渐多起来，有眼光活泛的商贩、背着药箱的郎中、躲避追捕的朝廷钦犯、穿着紧身衣的侠客，以及蛇虫、野鸭、鸥鹭、丹顶鹤，还有遍地横行的螃蟹等。

随着沧海桑田的变幻，人们追随着大海，潮退人进，路像线团里的毛线一样，细弱地向海延伸。当然，踩踏出来的路，自然会随着地形起伏的岗坡而曲曲弯弯，有时被岗坡阻断，有时被湿地挡住，有时被藤蔓纠缠不休，有时被一场雪烦恼，有时甚至几滴冷雨就会令它不堪重负。路不长、窄且泥泞并时断时续，却是陆地联系大海的脐带，多少代人的梦想凝聚在这断断续续的羊肠小路上。这路也是盐碱滩上的民生福祉的重要历史索引，沿着这条线，就可以直接抵达当地的民生现场了。

拖家带口闯关东的开拓者穿过这条路时，会不时停下来休憩，或等待亲人，或整理行装，可茫茫湿地哪有下脚的地方？他们与这条路对视许久，然后继续愁眉苦脸地跋涉在泥泞的小路上。等到小路被岗坡阻断，他们的脚步也停下来，在这片生满芦苇和翅碱蓬的岗坡上繁衍生息，他们把岗坡称为“坨子”。更多的人来到“坨子”聚集，一个村落就形成了。不停下脚步的人们继续沿着小路行进，会发现下一个“坨子”，他们用如此循环往复的方式，去和那个打鱼晒网的小村落对话。

用脚板踩踏出来的路伸展了千年以后，终于被铁轨和沙石所取代，从不入流跻身到有名有姓了。光绪二十四年（1898），由英国人主持修建的铁路，两条细胳膊一样从湿地伸出来，锃亮的铁臂逐渐伸长，蜿蜒地伸向大海，如同血脉把辽河北岸那个打鱼晒网的小渔村与沟帮子连接在一起。各个“坨子”里的人们变成修铁路的劳工，备受修路列强的盘剥欺压，累累白骨埋葬在路基下面，托起沉重的路基。汽笛一鸣，咣咣当当的火车开进来了，于是，东北丰富的资源在这条路上源源不断地送上了停泊在辽河入海口的大船，又源源不断地被运到世界的各个角落。沿着这条铁路沿线回眸，历史就在这一时刻把千年连接成一条线。

随着铁路的纵向延展，耐碱、干旱瘠薄的榆、槐、柳树等树开始在路边滋长。因抬高路基，树的根须不至于触到盐碱，树得以生存繁衍下来，饥寒交迫地活着。在弯弯曲曲的铁路沿线，远远望去，或里或外，或疏或密，一些弯曲褴褛的树，或直或弯地站立路的两侧，尽着自己的职责，或浓荫蔽日，或遮挡寒潮，或防止水土流失，或掩护避难英雄等。

民国初期，为抵制日本对交通的垄断，当时的东北王张作霖利用此铁路，以降低客货运价的办法，与日营南满铁路抗衡。背着大包小包的乘客和货物，通过这条细细的血脉通联着祖国各地。“九·一八”事变后，该路段由“南满洲铁道株式会社”经营，改称河北线。开拓团入殖后，增设田家、庭田（曾家）、大同（荣兴）简易站。田庄台站南移约3公里，置于魏家沟。日寇在东北掠夺的大量木材、矿产、粮食源源不断地运到营口港并由那里运到日本。

抗战时期，在这段路上，盘山抗日义勇军与日寇进行过多次的浴血奋战，他们炸火车、搞伏击，顶着飞机大炮的轰鸣，用大刀和土枪与武装到牙齿的敌人苦苦厮杀。大批的抗日义勇军倒下了，鲜血染红了足下的土地。太平洋战争爆发后，日本侵略者出于军事需要，拆除营口河北到大洼段36.5公里的路轨。解放战争时期，由于国民党军的进犯，盘山县党政干部战略转移，将双台子河上的铁路桥炸毁。东北解放后，为了恢复生产，支援全国解放战争，当时的政府对炸断的铁路桥做简易修复，重新铺设胡家至大洼段路轨，开通用汽车发动机改装的“小火车”运行。1950年11月，因支援抗美援朝战争，锦州铁路管理局奉令将小火车的线路全部拆除，从此沟营铁路支线彻底终止了运营。

后来，国家将盘山至营口河北铁路路基改建成盘营公路，并一直沿用。1982年，我乘车去营口看望在那读书的姐姐，第一次踏上这条经历坎坷的路。因为第一次出远门，心情格外兴奋，对什么都感到新奇，可不一会儿，那兴奋劲就过了，不但过了，还感到很无聊。先是好不容易挤上车，干净的头脸挤成灰头土脸。上车后，车体小，人拥挤，还有一股刺鼻的怪味儿。路窄且颠簸，我没有座位，裹挟在人群中被推来搡去的，别提多难受了。靠窗的一个乘客大姐看出我是学生，就侧过半个身子，让瘦小的我站在她身侧。一路上尘土飞扬，把天都刮得灰蒙蒙的，窗外陆陆续续地闪过一些耐碱的榆、槐、柳树等，或密集或稀疏地一闪而过，显出有生命力且倔强的样子，在一马平川的退海滩地上抱路并排延伸，曲里拐弯，虬枝横斜，以宁死不屈的姿态，在风雨沧桑中晃臂招手，送迎着这片土地上出入的行人和车辆及他们的苦乐悲欢。

对于我的苦痛它们早已见怪不怪，相比于这些饱经风霜的树，自感渺小如尘埃。这些树历经苦难而存活下来，看过先民的艰辛，各种王旗的起落，掩护过义勇军的行迹，为拓荒者遮蔽过毒辣骄阳，它们的身下或许就埋葬着建设者和义勇军的英魂。它们用悲悯的眼光与我对视，平和、中正、无私、无畏，令我如面对英雄，肃然起敬。

从营口回来，我就想，这条路太孬了，它狭窄、稀烂、凹凸不平，怎么适合担当一座城市向海的索引？

盘锦建市以后，不断改扩建这条路，1994年，建成了宽阔的双兴北路，进入新世纪，又改造了双兴北路、盘营公路，这条路的南段车辆行人渐至回升。随着盘锦向海步伐的加快，曾经那条又窄又颠的路已被改造成双向八车道笔直宽阔的向海大道，把一座城市贯穿起来。盘锦人从没离海这么近，近得几乎触手可及。

出家门登上30路公交车，几十分钟后就可以拥抱大海。从陆地走向海洋，从羊肠小路、时断时续到宽敞明亮、遍植景观，这一路走来凝聚多少代人的心血和汗水。从渔雁先民的踯躅艰辛、外国列强的掠夺与欺压、民族的耻辱与苦难、抗日义勇军英勇不屈洒下的鲜血、和平建设时期的奉献和努力，到我辈挥斥方遒的壮志豪情，统统在一条路的前世今生中得以贯彻和体现。

在向海大道的修建过程中，首先得扩路，扩路得砍掉原来路边的旧树，不然的话这原来路边的树就都“上炕”（即会成为行人车辆的障碍）了。于是，这些饱经风霜的老树倒下了，它们完成了自己护卫自然与生命的职责，在隆隆的铲车声中实现自己功德圆满的最后一瞥，然后把接力棒传到后来者手中。

后来听说，当伐树伐到过台子前往红村去的路西侧时，一棵高过房顶，树径足有80厘米的老柳树，横亘在前，砍伐此树遇到了麻烦。伐木者一斧子下去，树干淌出鲜血来，用锯子锯，也同样流血，而且砍伐者都头痛、眩晕，还有的暴死了。后来从营口来了两位法师，将树缠上了红布；又有七位道士，在树下叩首后离去；附近又有大仙出马了，声称此树为巨蟒所变……树神现身了，还有谁个敢举斧头，即便出资悬赏也无人再伐。周围的人不断地有往这树枝杈桠上系了一层层的红布条、红丝线，树根下摆满了苹果、橘子、香蕉和馒头、酒瓶、酒盅。附近已有了专卖祭祀供品的小车，十里八村来看树的人在增多，就连大洼、兴隆台、盘山的人也专程来台子前，南来北往停车站点挤满了板的，争抢下车乘客，高喊：“看树上车，一块一块，上车就走。”当时盘锦日报记者吴中宽亲临现场，对真实的场景及一些传说，做了客观的报道和揭示，写了篇《老柳树有灵了》专稿，刊登在1996年《盘锦日报·大周末》头题位置。以党报记者的职责担当，明确了关于树出血、悬赏砍伐纯属无稽之谈。此后不久，大洼县公安局派出巡警，动员和疏散了聚集在柳树周围的群众，并清除了树上树下的信物和供品。再后来，这棵大柳树被清除。

老树自然不会流血，更不会是显灵，可这树为何会流出红色的树汁？我反复思量，也查阅相关资料，没有找到科学的解释。据猜测，可能是当年修路的铁路工人和抗日义勇军的尸首埋在这棵树下，其鲜血滋润这棵树，让这树流出血液般的汁；再或许三年自然灾害期间，这树的树皮被扒光，裸露的树肉经风霜侵蚀，使树汁变色；再或许是树根系下火红的翅碱蓬，经霜雪浸润，其红色汁液为树根系吸纳，所以流出红色的树汁。凡此种种，不一而足。当年的老树已经随着时代的变迁化身为一缕尘烟消失在蓝天碧海间。我站在那棵树的原址上凝望，那逝去的树影如节操必显的虬龙腾身而上，化作七彩祥云，守护着家乡的土地。

后来的建设者深深明白，要在这条路上植活树，非常不容易。盘锦是一座建在盐碱地上的城市，过去被称为“南大荒”，土壤成分两高一低，即地下水位高、土壤盐碱化程度高、腐殖质含量低。盐碱地上除了芦苇、水稻，什么也不长。在盘锦，对植树流传着“一年植，二年黄，三年见阎王”的顺口溜，是对绿化艰难的生动写照。往往是辛辛苦苦把树栽上了，成活的特别少，而且人们护绿意识差，有的把树砍了，有的把牲口拴在树上，牲口一会儿就把树皮啃光了。为此，秉持前辈风范的后来者没少伤脑筋，他们深深知道，要让当年的老树以崭新面貌复活，就要发扬老树吃苦耐劳，不计报酬的奉献精神。他们先后赴外地学习先进经验，采用科学的方法，先是铺沙子抬高地面，又从外地运客土，掺马粪，做了很多努力，终于，树木成活率大大提高了。树的成活率提高了，当年的那些老树，终于以另一种方式重生了，始终憋着一口气的建设者们露出欣慰的笑容。

绿化取得了一定的成功，起到了复活老树的效果。但树种单一、层次不分明、色调以绿为主、树龄偏低等等，求美、求变的建设者们又把眼光放到更远处。从2006年起，结合现有绿化基础和周边环境，因地制宜地调整了绿化布局、造型、色彩——对绿化进行了改造升级。成立了科研队伍，建设了彩叶树种实验基地，对盐碱地上种植更多样树种进行了深入研究，先后引进了金叶榆、紫叶稠李、黄丁香、粉叶复叶槭、金叶复叶槭、金叶国槐、中华太阳李等20余种。

营盘公路经一再改扩建改造，于2010年正式竣工通车，命名为向海大道。全长47公里的向海大道绿化景观工程也随着道路延展一路向海。

我愿意在双休日驾车沿向海大道去看海，一路风光一路鲜亮。阳光下的绿草坪，之上是高低错落有致并且色彩各异的各类树种，有国槐、五角枫、垂柳、京桃、金叶榆等，姿态各异，形貌相衬。一处处自然生态园林应景而生，星罗棋布，一处处公园小品独具匠心，风情万种，为人们休闲娱乐拓展了更能广阔的空间。道路两旁的特色农业景观，与道路的绿化带有机地融合成一体。

我坐在向海大道旁公园小品里，与这条路对视。路看我，我也看路。我看着宽阔平坦的八车道，湍急的车流如奔腾的辽河水驶向大海；道路两侧景观带悠闲的行人，富足而自信地徜徉在向海的进程中。作为当年挑担闯关东的后人，我仿佛看到那条线团般向海延展的小路，渔雁先民携家带口，闯关东的开拓者背包罗伞地缓缓行进的艰辛。

我与路对视，路用目光告诉我它经历的疾风骇浪，我用目光告诉路，它所有的经历，于今都是一种传承。在对视中，时光越千年，当年细若盲肠的无名小路，已发展成支撑一座城市的硬骨头。

# 后 记

这些天，我利用零星时间整理和收拾旧作，看着一篇篇布满灰尘的旧作，如多年不见的故人，娓娓地诉说流金岁月中的点点滴滴，一个个感动的故事，一段段尘封的过往，在心里鲜活起来。

那段随着湿地开发建设战地斗天的激昂岁月，那随着梳理探源似的寻根、走访、考察与思考，那段因岁月流转、考察走访令我怦然心动的感慨感悟等，无不令我思绪万千，一字一句细读，一篇一篇整理，内心充满回味的快乐和成长的欣慰。

不知不觉中积累了这么多过往，内心不免悲喜交集，外加吃惊和忐忑。吃惊的是一不留神，居然写出这么多的文字；喜的是没有虚度锦色华年；悲的是中年已过，没有建树；忐忑的是文学仍是我无法企及的彼岸。不管怎么说，这总是锦色年华中一段瑰丽的时光。遂攫取其中与湿地相关的文字，结集成书，命名《湿地锦年》。

曲子清

2017年12月，初稿

2018年5月，改定